EL ÚNICO DESTINO

EL ÚNICO DESTINO

ALEXANDRA DIAZ

SCHOLASTIC INC.

Cover design by Krista Vossen.
Book design by Hilary Zarycky.
The text for this book is set in Bembo.
Translated by Alexandra Diaz and Lillian Corvison.

Originally published in English as *The Only Road*.

Printed in the U.S.A.

ISBN-13: 978-1-338-53959-2
ISBN-10: 1-338-53959-0

5 6 7 8 9 10 77 27 26 25 24 23 22 21

Scholastic Inc., 557 Broadway, New York, NY 10012

Para mi familia y para todos aquellos para los cuales
dejar su hogar fue o es la única opción.

CAPÍTULO UNO

De la cocina vino un grito penetrante. El lápiz de colorear verde se le resbaló de la mano haciendo una raya sobre el dibujo de una lagartija que había casi terminado y en el cual Jaime Rivera llevaba trabajando casi media hora. De un salto, se puso de pie, lo cual hizo que se sintiera mareado a consecuencia de la fiebre que no le había permitido ir a la escuela esa mañana. Su visión demoró unos segundos en aclararse mientras se agarraba de la ventana sin cristal en la cual ya no estaba la lagartija que le había servido de modelo. Respiró profundamente antes de irrumpir en la cocina. El llanto sonaba más fuerte.

No, no, no, por favor que no. De ninguna manera podría ser, pensó. *Tenía que ser otra cosa.*

—¿Qué…?—Jaime paró en seco. Mamá estaba

desplomada sobre la mesa plástica llorando en sus brazos. Papá estaba parado detrás de ella con una mano sobre su espalda. Aunque estaba callado sus anchos hombros estaban hundidos y lucía tan afligido como ella.

Al oír a Jaime entrar, mamá se incorporó. Tenía el maquillaje negro, marrón y canela corrido en su cara, que siempre estaba perfectamente maquillada. Lo haló hacia ella y lo sentó en sus piernas aguantándolo fuertemente como si tuviera dos años en vez de doce. Los brazos fuertes de papá los envolvieron a los dos.

Jaime se fundió en el abrazo de sus padres. Pero solamente por unos segundos. La incertidumbre apretaba su estómago en un nudo. Aquello que él había temido por mucho tiempo había sucedido. Él se había convencido a sí mismo que eso no podía suceder porque él no tenía nada que ofrecerle a *ellos*. Pero *ellos* no estaban de acuerdo y lo habían expresado claramente hacía dos semanas. Ojalá que él estuviera equivocado y que no fuera *eso*.

Volvió a recordar el incidente que había sucedido dos semanas atrás cuando su antiguo amigo Pulguita llamó a Jaime y a su primo hermano Miguel mientras ambos caminaban hacia su casa después de la escuela.

—¿Qué querrá? —Jaime preguntó entre dientes.

—No sé, pero por lo menos está solo —Miguel miró de un lado al otro del camino de tierra antes de cruzarlo. Jaime hizo lo mismo. Por lo que él veía, *ellos* no estaban por ahí.

Miguel paró a unos metros del muchacho. Jaime cruzó los brazos sobre su pecho manteniendo la distancia entre él y el que había sido su amigo.

Pulguita se recostó contra una pared deteriorada. Su pelo negro y peinado hacia atrás le daba la apariencia de un niñito tratando de ser como su papá. A los catorce años y sin posibilidad de crecer más era mucho más bajito que Jaime y Miguel, quienes tenían dos años menos que él. Pero su estatura no era la única razón por la cual lo llamaban Pulguita.

—¿Qué? —preguntó Miguel apenas abriendo la boca.

Pulguita levantó sus brazos en el aire como si no entendiera por qué había tanta hostilidad y se rió. Aun de lejos, el olor a cigarrillo y alcohol envolvía el aliento de Pulguita.

—¿No puede un chico platicar con sus compas?

—No —contestaron Jaime y Miguel. No cuando ese chico era Pulguita y se había convertido en uno de *ellos*.

Hasta el año pasado, Jaime y Miguel habían jugado con el pequeño chico sucio. Pero después empezaron a faltar cosas de la casa: primero fueron unos plátanos del patio y tortillas envueltas en un paño, después unos zapatos nuevos y los lápices de colorear de Jaime, que habían sido su regalo de cumpleaños. Jaime y Miguel dejaron de invitar a Pulguita a sus casas y éste se buscó nuevos amigos.

Ahora la ropa de Pulguita estaba inmaculada. Desde su camiseta blanca sin mangas y sus pantalones cortos azules de fútbol, hasta sus medias blancas que le ceñían las piernas y sus zapatos Nike; todo era nuevo y limpio. Sacó de su bolsillo su último modelo de iPhone y lo dio vueltas en sus manos cerciorándose de que los primos lo estaban observando. Jaime definitivamente lo notó. El único teléfono que había en la familia pertenecía a tío Daniel, el papá de Miguel. Él lo compartía con toda la familia, pero era un teléfono antiguo que se doblaba a la mitad.

Pulguita se dirigió a Jaime con una mueca en sus labios. —Vi a tu mami el otro día cargando una canasta de ropa pesada que había lavado. Parece que la pierna le sigue doliendo.

—No metas a mi tía en esto —Miguel se acercó a Pulguita con los ojos brillándole. Éste ignoró la amenaza y siguió jugando con su teléfono.

—Sería bueno, ¿no? Si no tuviera que trabajar tanto. Si ella pudiera descansar frente a la tele con la pierna en alto. Ustedes fueron muy buenos conmigo y yo quisiera ayudarlos.

—No necesitamos tu ayuda —respondió Jaime, aunque estaba intrigado. Mamá era una adolescente cuando se fracturó la pierna y se la habían arreglado mal. Cojeaba poco cuando caminaba pero esta fractura le impedía hacer trabajos en los que tenía que estar de pie o sentada todo el día. Ella ganaba casi nada lavando y planchando ropa para señoras ricas. Papá trabajaba en una plantación de cacao, ganando apenas lo necesario para mantenerlos en una pequeña casita de dos piezas: una para dormir y la otra era la cocina. La letrina, por supuesto, estaba afuera.

Si tuvieran un poquito más de dinero sus padres no tendrían que trabajar tan duro. Podrían vivir mejor. Pero no iba a ganar dinero de la forma en que Pulguita les estaba ofreciendo. No valía la pena.

¿Verdad?

Pulguita sonrió como si se estuviera burlando de ellos.

—Ustedes van a cambiar su llanto. Algún día van a querer nuestra ayuda.

Nuestra ayuda. Jaime repetía estas palabras en su mente. Su estómago se le retorció al pensar en lo que Pulguita y sus nuevos amigos esperaban a cambio de su ayuda.

—No mientras tus peos no huelan a jazmín —le respondió Miguel. Jaime asintió. No podía hacer más nada.

Pulguita se encogió de hombros, marcó un código en su teléfono y se lo puso en el oído. Metió la otra mano en el bolsillo y se alejó con aire arrogante.

Jaime había tratado de olvidar la confrontación con Pulguita hasta ahora en la cocina, con su madre llorando y sus padres abrazándolo.

Algo estaba mal. Horrendamente mal. Y él tenía el presentimiento de que sabía lo que era.

Su cuerpo se puso tenso para poder separarse del abrazo de su mamá, pero esto hizo que ella lo apretara más fuerte.

—Ay, Jaime, mi ángel, ¿qué haría yo sin vos? —exclamó entre sollozos.

Mamá lo soltó para mirarlo. Sus ojos estaban rojos e hinchados. Su pelo oscuro y rizado estaba mojado y con nudos alrededor de su cara. Jaime le apartó un mechón de pelo de los ojos. Esto era algo que ella le hacía a él cuando era pequeño y estaba molesto.

Ella respiró profundamente dos veces antes de mirarlo a los ojos marrones. —Es Miguel.

Jaime se levantó del regazo de su mamá. Papá trató de sujetarlo pero él se soltó. Volvió a sentirse mareado al igual que cuando estaba en el cuarto.

Miguel tiene gripe. Jaime trató de convencerse a sí mismo. Él mismo había estado bastante enfermo esta mañana. Eso era. Miguel tenía una gripe muy mala.

Pero esto no explicaba por qué mamá estaba llorando y lo miraba como si fuera la última vez que lo iba a ver.

—¿Qué pasó? —Las palabras casi lo ahogan.

Mamá desvió la mirada. —Está muerto.

—¡No! —dijo, aunque él había tenido el presentimiento de que esta posibilidad podía ser verdad. No Miguel, su primo hermano valiente, su mejor amigo.

—Estaba caminando por el Parque de San José después de la escuela. Y… —mamá respiró profundamente— los Alfas lo acorralaron.

Claro, *ellos*. Jaime apretó los brazos alrededor de su

cuerpo tratando de parar el temblor que lo invadía. El dolor de garganta le hacía muy difícil respirar o tragar. Él y Miguel atravesaban el pequeño Parque de San José dos veces al día yendo y regresando de la escuela. De noche ese parque estaba lleno de borrachos y drogadictos pero de día era bastante seguro pues había siempre mucha gente transitando por ahí.

Era seguro. Ya no.

—¿Cómo… fueron? ¿Qué? —Le costaba trabajo pronunciar las palabras. Su mente estaba confusa.

Mamá volvió a llorar. Como ella no podía hablar, papá contestó: —Seis o siete pandilleros lo acorralaron. Incluyendo a Pulguita.

Por supuesto, Pulguita. Y esta era la forma en que el insecto desgraciado inferior los iba a ayudar.

Papá continuó: —Hernán Domingo estaba caminando por el parque y lo vio todo. Los Alfas le dijeron a Miguel que él sería una ventaja para ellos si se unía a la pandilla. Pero Miguel dijo que lo dejaran en paz. Entonces comenzaron a golpearlo.

—Pará —Jaime no quería oír más. En su mente veía a los miembros de la pandilla Alfa. Algunos grandes y robustos, otros delgados y muy ligeros, y Pulguita tan pequeño como para ser aplastado. Todos golpeando y pateando a Miguel hasta que cayó a la tierra. Si él hubiera podido estar con Miguel...

—No había forma de pararlos —papá continuó como

si hubiera sabido lo que Jaime estaba pensando. —Si Hernán o alguna otra persona hubiera tratado de interferir, le hubieran dado un tiro en la cabeza como hicieron con José Adolfo Torres, Santiago Ruiz, Lo…

Jaime dejó de escuchar. Él sabía los nombres de aquellos, muchachos mayores que habían ido a la escuela con él, otros, hombres con esposas e hijos. Aquellos que habían enfrentado a la pandilla, y que ahora estaban todos muertos.

Muertos, como Miguel. Su primo había pasado por la casa esa mañana. Estaba emocionado con su tremenda sonrisa torcida por la beca que había conseguido para estudiar en la prestigiosa escuela prevocacional que estaba en la ciudad a veinte kilómetros de ahí. Siempre quiso ser un ingeniero. El disgusto que sintió cuando se enteró de que Jaime estaba enfermo y que no podía caminar con él a la escuela desapareció cuando sacó cuenta de todas las personas a las cuales les iba a contar la buena noticia.

Una culpa se encendió como fuego por su pecho y no pudo respirar. ¿Por qué Miguel? ¿Por qué no él? Sintió que se ahogaba en la cocina aún cuando una brisa húmeda entraba por la ventana sin cristal. Era su culpa.

La pandilla era muy conocida en este pequeño pueblo de Guatemala y en otros pueblos cercanos. Niños más jóvenes que Jaime estaban adictos a la cocaína que los Alfas les suplían. Los dueños de las tiendas tenían que pagarle a los Alfas por protección, la protección era contra ellos mismos. Protección para evitar ser robados o asesinados si se rehusaban.

Ay, Miguel.

Jaime se agachó en el piso de tierra y ocultó el rostro entre sus brazos. Si él no hubiera estado enfermo esa mañana. Si él hubiera caminado con Miguel por el parque como siempre. ¿Hubiera podido evitar que los atacaran? Dos contra seis era mejor que uno contra seis. Pero Jaime nunca había sido bueno peleando. ¿Hubiera sido más fácil aceptar lo que le proponían? Vender drogas en las calles, exigir «protección» a los habitantes del pueblo, asesinar a aquellos que rehusaban o se atravesaban en su camino. No, él no hubiera podido hacer eso como tampoco hubiera podido enfrentarse a los Alfas.

Él nunca había sido valiente como su primo.

—Mirá —dijo mamá, con un tono de voz cariñoso. Jaime levantó la mirada desde el piso donde se había agachado. Mamá había puesto el café sobre la candela y se había limpiado la cara. Sus ojos estaban aún rojos y se veía cansada y vieja. Le ofreció una taza de café con leche. Como si esto pudiera ayudar.

Recibió la taza de cerámica entre sus manos como si fuera un día frio en vez de un día sofocante. Respiró profundamente. Él había estado con Miguel cuando Pulguita había hecho su oferta.

—¿Seré yo el próximo?

Sus padres no lo miraron. Mamá comenzó a llorar de

nuevo y papá sacudió la cabeza. Le habían contestado.

—Yo no me quiero morir. Pero tampoco quiero matar a otras personas. ¿Qué puedo hacer? —Jaime le preguntó a la taza de café que sostenía en sus manos como lo haría con unas hojas de té una bruja que te dice el futuro. Ni la taza de café ni sus padres le respondieron.

No había nada que él pudiera hacer. Nadie se escapaba de los Alfas.

CAPÍTULO DOS

Esa noche la casa de Miguel estaba llena de familiares y amigos. Aun así, habían muchos que no podían venir. Tío Pedro Manuel y su familia no tenían el dinero para pagar la tarifa del bus. Tía Lourdes y su familia no sabían de la tragedia porque el único teléfono en su pueblo estaba fuera de servicio.

Todos los que vinieron trajeron comida —sacos de arroz y de frijoles de todos los colores, maíz molido para hacer tortillas y tamales, pollos enteros, pedazos de cerdos, plátanos para freír, azúcar para hacer postres y ron para beber y olvidar la pena. Un patio conectaba las piezas de la casa de Miguel —la cocina, dos habitaciones separadas para dormir y el baño—. Pero todos transitaban entre el patio y la cocina, hablando, comiendo y recordando el pasado.

Mañana en el entierro habría pena. Esta noche se celebraba la vida de Miguel.

En el medio del patio estaba el ataúd de madera rodeado de velas, incienso y flores. La tapa estaba encima pero se podía correr para ver la cabeza y el pecho de Miguel para los que querían despedirse. Jaime se forzó a sí mismo a mirarlo, pero después deseó no haberlo hecho. No lucía como Miguel. Los golpes que había recibido le habían dejado la cara torcida. El maquillaje no podía ocultar la nariz partida y la hinchazón encima del ojo izquierdo. Aún con los ojos y la boca cerrados nadie podía decir que parecía que estaba durmiendo.

Jaime pensó que nadie debía de haberlo visto en las condiciones en que estaba, pero era una tradición de la familia que los ayudaba a aceptar que se había ido.

La policía del pueblo había dicho que la muerte de Miguel era un accidente desafortunado. Claro que tenían que decirlo. El dinero valía mucho más que la moral y la justicia. Aquellos que pagaban más tenían el poder y los Alfas pagaban muy bien. Además de que la adicción del jefe de la policía mantenía muchas de las operaciones de la pandilla.

Jaime sacó su cuaderno de dibujo y se lo puso contra su cara para no poder ver y no tener que recordar a Miguel así. *¿Por qué Miguel? ¿Por qué el ser valiente tenía que terminar de esta manera? ¿De qué servía ser bueno y terminar muerto?*

Con un suspiro buscó una página en blanco y comenzó a dibujar el ataúd. Evitó la cara desfigurada y se enfocó en otros detalles. Miguel con la ropa que llevaba a la iglesia y las manos cruzadas sobre el pecho y sus tesoros —un reloj desarmado, un pequeño destornillador y su imán en forma de herradura— colocados a su lado.

La cara la dibujó con las facciones que recordaba de esa mañana: la sonrisa torcida que subía más del lado derecho que del izquierdo, los ojos tan oscuros que hacían que la parte blanca brillara, el pelo negro que necesitaba un recorte. Ese era el verdadero Miguel, no el que estaba golpeado y se quedaba en la tierra. El verdadero Miguel era el que iba en camino hacia el cielo.

Una mano sobre los hombros de Jaime hizo que saltara. Era Ángela, la hermana de quince años de Miguel.

Sus ojos se fijaron en el cuaderno y Jaime le ofreció el dibujo. Ella pasó sus dedos sobre el dibujo como si estuviera tratando de acariciar la cara de su hermano. Asintió levemente antes de devolverle el cuaderno. No necesitaba hablar para que Jaime supiera que ella estaba de acuerdo con que él había dibujado al verdadero Miguel.

La procesión de la mañana siguiente era sombría. Esto se hizo peor por no permitir que tía Rosario, la mamá de Miguel, fuera con el resto de la familia al entierro.

—¡Tengo que ir! Mi hijo me necesita. Por favor, ¡me

tienen que dejar ir! —gritaba mientras golpeaba el pecho de su hermano que se puso al frente de la puerta. Por esa misma razón se tenía que quedar; era mala suerte llorar en el entierro de un niño. El espíritu se confundía y creía que tenía que quedarse en la tierra en vez de ir directamente a los brazos de Dios, que era donde le correspondía estar. Mamá se quedó con su hermana en la casa para hacerle compañía. Pero también porque Miguel había sido como otro hijo para ella.

El papá de Jaime y sus tíos cargaron el ataúd sobre sus hombros dirigiéndose hacia el cementerio por los caminos de tierra donde las casas, que antes estaban pintadas de blanco, ahora estaban gris y cubiertas de suciedad. Ángela estaba colgada del brazo de Jaime y ambos caminaban detrás del ataúd. Aunque estaban rodeados de la familia, Jaime sentía como si una parte de él le faltara. Ángela se tenía que sentir aún peor. No había pronunciado ni una palabra desde que se enteró de la noticia.

Debía de haber sido mi entierro, pensó Jaime. Entre ellos dos, Miguel debió de haber sido el que estuviera vivo.

Jaime suspiró. No debía llorar. No podía llorar. El destino del espíritu de Miguel dependía de que no llorara. A su lado, Ángela mantenía los ojos cerrados dejando que él la condujera por las calles. Por sus primos, los que vivían y los que estaban muertos, él no podía llorar. Tenía que ser fuerte.

En el cementerio, el padre Lorenzo habló pero Jaime solo escuchó unas pocas palabras, «escogido por Dios», «en paz», «amado por todos». No eran suficiente para describir a Miguel, él era mucho más que estas palabras.

Colocaron el ataúd en la fosa. Junto con el resto de la familia, Jaime y Ángela besaron un poco de tierra antes de tirarla en el hueco. Después echaron agua bendita para alejar a los malos espíritus.

Pero esto no sirvió para ahuyentar a los Alfas.

Un grupo de los miembros de la pandilla estaban en la loma desde donde se veía el cementerio. Jaime podía ver la figura escuálida de Pulguita en la primera fila. Él quería correr hacia ellos y golpear a cada uno hasta que sintieran el mismo dolor que él estaba sintiendo en su corazón, y que Miguel sintió cuando lo golpearon a él.

Tío Daniel debió de haber sentido el mismo dolor que Jaime sentía. Cuando el cura dijo la última oración, tío Daniel levantó su cabeza calva y contrajo la nariz como si estuviera oliendo el hedor que despedían los Alfas. Corrió hacia ellos hasta el medio del camino donde papá y otros dos tíos lo sujetaron.

—¡Mi hijo! ¡Devuélvanme a mi hijo! —gritaba mientra trataba de soltarse de los brazos que lo sujetaban.

Los hombres arrastraron y cargaron al tío Daniel de regreso a la iglesia. Los Alfas observaban como estatuas siniestras inamovibles. Sólo sus ojos se movían.

Un escalofrío sacudió el cuerpo de Jaime. Lo estaban observando.

A su lado Ángela se estremeció. Él sabía que la estaban observando a ella también.

Estaban en lo cierto. Los Alfas los estaban observando.

A la noche siguiente cuando papá acababa de regresar de la plantación de cacao y mamá estaba planchando ropa, la puerta se abrió. Tía Rosario se recostó contra la pared hecha de bloque tratando de recobrar el aliento.

—Vengan. Rápido. Todos ustedes —dijo y se fue.

Mamá desconectó la plancha mientras papá se puso los zapatos. Jaime sintió pánico mientras sus padres y él corrían hacia la casa de su tía. *¿Por qué Dios nos está castigando?*

Normalmente demoraban diez minutos para llegar pero hoy, como iban corriendo, aún con la cojera de mamá, tardaron solamente cuatro. Sin embargo, les pareció como cuarenta.

Hasta que vio a Ángela, Jaime no se había dado cuenta que había estado aguantando la respiración. Por suerte no le había pasado nada. Por el momento. Él supo por su mirada sin ánimo que esto iba a cambiar y pronto. Estaba parada en la cocina recostada contra la pared al lado del viejo televisor con los brazos cruzados sobre el pecho. Jaime respiró profundamente para recobrar el aliento y calmarse. Se acercó a su prima hermana y le tomó la mano como ella había hecho ayer con él en el entierro. ¿Había sido realmente ayer?

Rosita, la hermana mayor de Miguel y de Ángela, estaba sentada en la mesa lactando a su bebé, Quico. Abuela, que vivía con los primos de Jaime, había parado de enrollar las tortillas y estaba ahora pasando una bola de masa de una mano nudosa a la otra. Tío Daniel, sentado en una silla, tenía la misma expresión de desaliento que Ángela. Por lo menos todos estaban vivos.

Unos minutos después, tía Rosario regresó con el padre Lorenzo, el cura que había oficiado en el entierro de Miguel.

Su tía respiró profundamente atándose el pelo en una cola de caballo. Jaime notó que las manos le temblaban. —Ángela, dame la carta.

Ángela sacó una bola de papel milimetrado del bolsillo de su pantalón. Jaime paró el grito que casi salió de su boca. Miguel siempre llevaba papel milimetrado con los cuadritos a la escuela. Jaime sabía quién había sido el autor de la carta.

Tía recibió la bola de papel de las manos de Ángela y lo enderezó. Lo leyó mientras las lágrimas le corrían por la cara. «Querida Ángela. Sentimos la muerte de su hermano. Su pérdida es una pérdida para nosotros también. Para reemplazar esta pérdida la invitamos a usted a que se una a nosotros en su lugar. Le daremos seis días para llorar la muerte de su hermano. Después de esos días, por favor vaya al Parque de San José antes de ir a la escuela. Necesitamos su ayuda para entregar un regalo a un amigo. Su primo hermano puede ayudar también. Sinceramente, los Alfas.»

El tono amistoso y falso le afectó a Jaime al igual que la última línea. En su mente esas palabras venían de Pulguita aunque la pulga no tenía el cerebro para hablar tan elocuentemente. *Su primo hermano puede ayudar también.* Ese era él. Además de bebés y niños pequeños en la familia, él era el único primo hermano que vivía en los alrededores. Había sido reclutado también.

Dentro de poco Ángela y él estarían distribuyendo drogas en la escuela. Él sabía qué era el «regalo» que tenían que entregar. Los Alfas también los obligarían a los dos a participar en dar palizas y en matar.

Pero con Ángela sería aún peor. Si los pandilleros consideraban que ella era bonita, la obligarían a ser la novia de uno de los jefes, quisiera o no. Si no la consideraban lo suficiente bonita, sería entonces la novia de uno de los otros miembros. La idea de que tuviera que ser la novia de Pulguita hizo que su estómago se revolviera.

—De ninguna manera —dijo papá cruzando los brazos sobre el pecho—. No vamos a sacrificar a nuestros hijos por los caprichos de una pandilla. ¿Qué es lo que quieren de nosotros? Los hemos criado como buenos católicos, no como unos desalmados malcriados.

Jaime y Ángela se miraron. Los Alfas no necesitaban una razón. Ellos controlaban toda la región porque tenían el dinero y el poder para hacer lo que quisieran. El asesinato de Miguel se los recordó a todos ellos.

—Padre —dijo mamá dirigiéndose al cura con las manos extendidas como si quisiera llegar a Dios—. ¿No puede hablar usted con ellos? ¿Hacerles ver la luz y estimularlos para que se arrepientan?

El padre Lorenzo sacudió la cabeza. —He tratado, hija, pero ha sido en vano. Ellos no se atreven a entrar en la iglesia pero se aprovechan de los más débiles e inseguros de mi congregación. No veo cómo puedo llegar a ellos. La semana pasada convencieron a uno de mis monaguillos que tenía muchas más oportunidades con ellos que sirviendo a Dios.

Jaime se sintió enfermo. Solamente había una solución. Mañana él iría a ver a Pulguita, que vivía con su tío cerca del basurero. Hablaría de los tiempos pasados y trataría de convencerlo de que Ángela no iba a ser de utilidad para los Alfas, que él, Jaime, era la mejor opción.

Pero esto no iba a convencerlos, pensó. ¿Por qué iban a aceptar solamente a un miembro nuevo cuando ya querían a los dos? Los Alfas no hacían tratos así, siempre lograban lo que querían. Esto lo sabía él y lo sabía todo el pueblo. Él no podía hacer nada. Nunca se había sentido tan desesperanzado y culpable.

—Ustedes les van a tener que pagar —dijo abuela tirando una bola de masa contra la mesa como si estuviera matando un insecto—. Hay que comprar la seguridad de los muchachos.

—¡No! —gritó el tío Daniel incorporándose. Por un momento parecía que iba a atacar a alguien pero después volvió a sentarse. La cabeza calva la tenía cubierta de sudor. Gruñó en voz baja y continuó—: No le voy a pagar a esos desalmados que asesinaron a mi hijo. Sería como una recompensa por lo que hicieron. Mantendremos a Ángela y a Jaime seguros de otra manera.

Ángela levantó la vista del piso y miró a Jaime como analizando las posibilidades. Jaime sintió alivio. Ella sabía lo que había que hacer. Ella lo iba a resolver.

—Nos podemos escapar —estas eran las primeras palabras que Ángela pronunciaba en dos días. Todos miraron a Ángela como si hubiera dicho una mala palabra. Abuela volvió a tirar la masa contra la mesa. El padre Lorenzo abrió la boca para decir algo pero terminó en una oración silenciosa. Quico, que estaba recostado contra el hombro de Rosita, eruptó.

Papá cambió de posición y todos lo miraron. Se humedeció los labios y respiró profundamente. —Esta parece ser la mejor solución.

Por un momento Jaime se imaginó lo que sería vivir en la selva, cruzando por los árboles como Tarzán, teniendo un jaguar protegiéndolo y comiendo plátanos e insectos. Por un momento se sintió sumergido en ese mundo de la selva con todos esos tonos de verde y los animales salvajes escondiéndose entre la vegetación. Sería divertido. Por un día.

—¿Qué querés decir? —susurró mamá.

Papá carraspeó: —Se pueden ir a vivir con Tomás.

CAPÍTULO TRES

—¡No! —gritó mamá tan alto que Quico empezó a llorar. Corrió hacia Jaime y Ángela y los abrazó a los dos fuertemente—. Es muy peligroso. Pensá en otra posibilidad.

—Ya hemos pensado en todas las posibilidades. Esta es la única —dijo papá escondiendo la cara entre sus manos.

Jaime apenas podía respirar y no era solamente porque mamá lo estaba apretando tan fuerte. Ahora la idea de vivir en la selva le parecía como unas vacaciones. Mamá tenía razón. Viajar hasta donde estaba Tomás era muy peligroso. Todos sabían lo que involucraba. Las pandillas te asaltaban. Los guardias de inmigración te daban una paliza antes de mandarte de regreso a tu país, eso le había sucedido a algunas personas en el pueblo. El papá de uno de los compañeros de Jaime había perdido un brazo tratando de subirse a un tren en movimiento. Jaime sabía de otras dos personas del pueblo que habían intentado el viaje y nunca se supo nada más de ellos. Se presumía que estaban muertos. Marcela, la bella amiga de Rosita que Miguel y él discutían sobre quién se casaría con ella, fue secuestrada cerca de la frontera con Estados Unidos. Los mayores susurraban que había sido vendida como esclava. Continuaba desaparecida.

Y todas estas historias pasaron cruzando a México. Además, había que cruzar la frontera con Estados Unidos.

Pero lo más difícil era dejar su hogar para irse a vivir con Tomás.

Tomás, su hermano mayor. Los recuerdos de él fluctuaban entre vagos y hechos que habían sucedido y que otros habían comentado de él. Recordaba la única vez que su familia había ido a la playa y Tomás le había señalado los colores del atardecer reflejados en el agua. Desde entonces, cada vez que veía un atardecer espectacular con los colores rojos mezclados con los verdes y azules, se acordaba de Tomás y se preguntaba si él también los estaría viendo. Ese atardecer permanecería para siempre en sus recuerdos, pero la cara de Tomás era borrosa debido a la pobre calidad de la computadora del pueblo cuando rara vez se comunicaban con él por Skype.

—¿Cómo está mi hermanito? —Tomás le preguntaba siempre cuando hablaban.

Jaime nunca sabía qué contestar y siempre respondía *bien.* Y entonces le hacía preguntas a Tomás: —¿Has visto la última película de James Bond? ¿ Has conocido a Jennifer López? ¿Es verdad que las escuelas públicas ahí ofrecen clases de arte?

Jaime tenía cuatro años cuando su hermano de diecisiete se había marchado a trabajar en un rancho de ganado en El Norte, en un lugar llamado Nuevo México que nadie en Guatemala conocía. Todos decían que Tomás había tenido suerte. Como a Tomás le encantaban las películas de Hollywood había aprendido a hablar inglés perfectamente, lo cual le facilitó el poder entrar al país legalmente con el financiamiento que ofrecía el granjero. Muy pocos habían tenido esa suerte, aunque Jaime no lo consideraba suerte. Tomás le contaba que trabajaba más de sesenta horas a la semana bajo el sol ardiente y el frío espantoso. No había tiempo para observar los atardeceres o ir al cine.

Y ahora su papá estaba sugiriendo que él y Ángela viajaran más de cuatro mil kilómetros para irse a vivir con Tomás. Jaime comprendía por qué su mamá estaba histérica. Él tampoco quería ir.

—¿Se-sería solamente nosotros dos? ¿No podemos ir todos? —Jaime deseaba con todo su poder que le dieran una respuesta diferente a la que él temía.

Las miradas de los adultos iban desde mamá con la cojera, a abuela que con dificultad hacía las tortillas, a

Rosita y el bebé Quico. Ninguno de ellos podía hacer el viaje y la familia no los iba a dejar atrás.

Tío Daniel sacudió su cabeza y susurró. —Sería imposible costear eso. Aún así es difícil, los dos pasajes...

—Es mejor así. Y cuando estén ahí estarán con Tomás, su familia —papá habló despacio, como tratando de convencerse a sí mismo.

—¡No, no, no! —mamá seguía repitiendo—. Ustedes dos no se pueden ir. No pueden.

Ángela se zafó de los brazos de mamá pero tía la agarró y la apretó igual de fuerte.

Tía miró al cielo y sollozó: —Dos hijos en una semana. ¿Por qué me estás castigando?

Nadie en la cocina dijo más nada. Dejaron que mamá y tía continuaran llorando sobre los hombros de sus hijos, los cuales ya eran de la misma estatura que sus madres que eran muy bajitas. Nadie dijo que pararan de llorar, ni que todo iba a salir bien.

Demoró un rato en lo que mamá al fin soltó a Jaime. Tenía sudada la espalda donde su madre lo había apretado. Él hubiera querido decir algo que la confortara, pero la situación actual lo había dejado mudo. Si él y Ángela se quedaban, terminarían muertos. Si se iban, quizás podrían sobrevivir. De cualquier manera su vida no volvería a ser la misma.

Las dos madres volvieron a mirar a sus hijos mientras se

colocaban un mechón del pelo negro detrás de sus orejas derechas y suspiraron. Abuela, sin darse cuenta, usó la parte de atrás de su muñeca para hacer lo mismo con su pelo canoso.

—Tenemos que comenzar a hacer planes enseguida. Me voy a comunicar con Tomás. Tenemos muy poco tiempo —papá apretó las manos contra sus pantalones raídos y se paró. Él y tío empezaron a hablar en voz baja mientras se dirigían a la puerta.

El padre Lorenzo aprovechó la oportunidad para irse. —Tengo cofradías en México que dan asilo a los refugiados. Los voy a contactar.

Abuela no dijo nada. Agarró una botella de cristal con sus manos artríticas y comenzó a amasar unas tortillas hasta que las dejó tan finas que no se podían cocinar. Rosita cargó a Quico, que estaba dormido en su hombro, y salió de la cocina.

—¿De verdad nos tenemos que ir? —Jaime le preguntó a Ángela.

Ángela se mojó los labios y quitó de su bolsillo la nota estrujada de los Alfas. La estrujaló aún más y la lanzó contra el dibujo que Jaime había hecho ayer de Miguel, que estaba pegado en la pared. —¿Vos querés pertenecer a la pandilla que lo mató?

—No —dijo Jaime sin dudarlo.

—Pues no tenemos otra opción —contestó Ángela.

• • •

Solo los que habían estado en la cocina ese día sabían del plan.

Jaime y Ángela tenían que hacer de cuenta de que nada estaba pasando y por lo tanto continuaron con sus vidas en su pueblo de Guatemala. Jaime se ofreció para pintar el telón de fondo para el desfile de Pascua y Ángela le dijo a Pulguita que ella entregaría el misterioso paquete en unos días. Si alguien pensaba que estaban actuando un poco extraño quizás pensaban que era por la muerte de Miguel y no porque tenían algo que esconder.

Lo más difícil para Jaime era despedirse de sus amigos y del resto de la familia sin que ellos supieran. A sus dos mejores amigos les regaló los libros de tiras cómicas de Batman que Tomás le había regalado por las Navidades y les dijo que estaba cansado de no poder entender las palabras en inglés. Dividió entre sus primos pequeños los pocos materiales de arte que tenía. Su instinto le decía que había mucha gente que no volvería a ver en su vida.

Esperaba que los Alfas estuvieran entre los que no vería nunca más.

Unos días después del entierro, tía Rosario le mostró a Jaime unos pantalones que lucían como sus favoritos. Corrección: sí, eran sus pantalones favoritos. Tenían una mancha de tinta en el bolsillo del frente.

—Vos sos el que se fija en detalles —dijo ella con su

dialecto—. Mirá a ver si notás algo extraño en los pantalones.

Confuso, Jaime recibió los vaqueros de las manos de su tía y los observó cuidadosamente. No había más manchas, ni agujeros. —¿Cuál es el problema con ellos?

—Nada, pero miralos otra vez y decime si se ven extraños, especialmente en la cintura —contestó ella mientras levantaba otro par de pantalones que debían de ser de Ángela por los detalles de costura en los bolsillos de atrás.

Jaime pasó sus dedos por la cintura del pantalón y comparó la tela con la del resto de los pantalones. No notó nada diferente. Los olió. Nada. Sacudiendo su cabeza dijo: —Lucen perfectamente bien.

—Bueno —respiró su tía—. Tengan mucho cuidado de no perderlos ni de decírselo a nadie. Hemos cambiado quince mil quetzales por un poco menos de dos mil dólares y están cosidos en la cintura y los bajos del pantalón. No usen nada de este dinero a menos que sea absolutamente necesario hasta que lleguen a la frontera con El Norte. Aún así quizás no sea suficiente para pagar la cruzada. Si alguien trata de robarles no van a saber que el dinero está ahí.

Jaime se desplomó en una silla apretando su cuaderno de dibujo contra su pecho.

—¿Quince mil quetzales por nosotros dos? —susurró. No lo pudo creer.

Tía Rosario sacudió su cabeza. Engurruñando sus ojos,

miró de nuevo a las costuras. Los espejuelos eran lujos solamente para las personas ricas. —Por cada uno de ustedes.

El mundo parecía derrumbarse a su alrededor. Tuvo que pestañear varias veces y respirar profundamente. Treinta mil quetzales. Jaime no podía imaginarse tanto dinero. Con razón les estaba tomando varios días de preparación. Era para poder reunir todo ese dinero. Su estómago le dio un vuelco y se sintió enfermo. Toda su familia estaba haciendo este sacrificio por él. No valía la pena. Él no valía este sacrificio.

—No pueden hacer esto. Es mucho dinero. Nos quedamos... —Las palabras salían de su boca como canicas de una bolsa rota.

—¡Qué no! —interrumpió su tía con tanta determinación que parecía que era la abuela la que estaba hablando—. Todo nuestro esfuerzo no va a ser en vano. Ustedes se van para que estén seguros. Es el fin de la discusión.

Pero treinta mil quetzales... Con razón él y Ángela eran los únicos de la familia que se podían ir. La familia no podía costear más. Él dudaba que sus padres ganaran los dos juntos esa cantidad en un año.

Todo porque él no había estado en el parque con Miguel ese día.

Todo nuestro esfuerzo no va a ser en vano, repetía las palabras de la tía en su mente. Pero si realmente tenían que hacer este viaje, muchas cosas podrían suceder en cuatro mil kilómetros.

Si solamente él y Ángela tuvieran pasaportes y papeles que dijeran que podían entrar legalmente a Estados Unidos. Como Tomás.

—¿Segura de que están bien escondidos? —Ahora que sabía lo que estaba escondido en los pantalones se imaginaba que habían bultos en las costuras.

Tía comentó con sonrisa preocupada y también un poco orgullosa. —Tenemos que darle gracias a Dios de que me dio trabajo en la fábrica cosiendo pantalones de mezclilla. Yo sé perfectamente cómo tienen que lucir las costuras.

Jaime miró por última vez los pantalones haciendo de cuenta de que no sabía lo que había escondido en ellos. Las costuras en la cintura sí lucían exactamente como tenían que lucir.

La luz de la luna entraba por la ventana sin cristal cuando su padre lo despertó a la medianoche. —Llegó el momento.

Jaime parpadeó varias veces y se bajó de la hamaca que estaba colgada en el dormitorio que compartía con sus padres. Él sabía lo que estaba pasando. Solamente faltaba un día para que Ángela hiciera la entrega del paquete de los Alfas. Faltaba un día para que él también se uniera a ellos.

Se puso una camisa verde y sus pantalones favoritos pensando que podía sentir el peso del dinero cosido en las costuras. En la mochila que su mamá le había preparado hacía varios días puso el cuaderno de dibujo, su estuche con los lápices y la única foto de la familia en la que estaba Tomás. En el marco de la ventana una lagartija observaba sus movimientos.

Ninguno de sus padres había dormido esa noche. Aún así, mamá lucía recién maquillada y papá se había afeitado. Ambos padres lo abrazaban mientras caminaban hacia la casa de sus tíos. Las calles estaban desiertas y calladas. El viento traía el ruido de carros en la distancia y las voces de algunas personas en la taberna. Si los Alfas estaban despiertos, estaban aterrorizando a los habitantes de otro barrio. El cielo estaba claro y las estrellas brillaban. Jaime hubiera querido que fuera una noche normal para acostarse en la hamaca colgada afuera y dibujar el cielo estrellado.

Atravesaron el patio entrando en la cocina donde la familia y aquellos que se consideraban familia siempre se reunían. Pero a esta hora solo estaba abuela. Había un banquete de desayuno chapín sobre la mesa como los banquetes americanos de pavo que aparecían en las películas, «*tanks givin*» o algo así. Había huevos que pusieron las gallinas de atrás, las tortillas de maíz de abuela, frijoles negros, plátanos fritos, pedazos de aguacate y mango, salchichas de carne de cerdo y una jarra de chocolate hirviendo, que era lo que más le gustaba a Miguel. Ellos solamente podían costear un banquete así el día de Navidad.

En cualquier otro momento Jaime se hubiera dado

un atracón. En cualquier otro momento el televisor viejo hubiera estado en su sitio.

—Sentate —abuela le ordenó en su dialecto. Su pelo canoso lo tenía en un moño más apretado de lo usual. Tenía el mismo vestido negro que se había puesto cuando el abuelo de Jaime se había muerto.

—No hay mucho tiempo y vos necesitás comer para tener fuerzas. —Le colocó un plato enorme lleno de comida delante de él.

Unos segundo después entró Ángela con sus padres y se sentó. Estaba vestida con los pantalones que tía Rosario había cosido y una camisa azul muy ancha. El pelo lo tenía en una cola de caballo. Jaime no estaba acostumbrado a verla vestida tan sencillamente. Pero recordando lo que le había pasado a la bella Marcela, Jaime comprendió que era mejor que los hombres no encontraran a Ángela bonita.

Los dos comieron en silencio sin tener hambre. Jaime pensó que iba a vomitar por la ansiedad y los nervios, pero la severa mirada de su abuela lo obligó a seguir comiendo. Ella no dejaba que ellos fueran mañosos con la comida. Siempre tenían que comer lo que les servían sin diferencia de si les gustaba o no.

Estaba limpiando del plato el jugo de los frijoles con una tortilla cuando escuchó la llegada de una camioneta vieja. Los Alfas. Se habían enterado del plan y venían a buscarlo a él y a Ángela.

A través de la ventana pudo observar cómo una camioneta con planchas de madera en los costados paraba en casa de sus tíos. Un viejo con piel y pelo blanco salió de la camioneta. Con la luz de la luna se vieron como sus manos arrugadas se agarraban a la puerta.

No eran los Alfas. Era solamente Pancho.

Algunos días él vendía frutas y carnes, otros días había muebles en la camioneta. Hoy estaba llena de sacos de ropa usada.

—¿Están listos? Tardaremos tres horas en llegar a la frontera con México y es mejor cruzarla cuando todavía está oscuro —dijo Pancho con voz de viejo.

Lo que quedaba de la tortilla se cayó de la mano de Jaime al plato, pero esta vez abuela no insistió en que terminara de comer. Él hubiera preferido que ella hubiera insistido que se lo comiera para que todo fuera igual que siempre.

Sin embargo, ella le entregó a él, a Ángela y a Pancho unas bolsas plásticas con comida antes de salir de la casa y desaparecerse en la oscuridad. No se despidió de ellos. Hubiera sido demasiado difícil para ella.

Las lágrimas le corrían por la cara a Jaime mientras abrazaba a sus padres.

—Vamos, patojos —Pancho llamó a los muchachos. Jaime y Ángela abrazaron a sus tíos antes de subir a la camioneta. Los sacos picaban pero estaban acolchonados y más o menos cómodos. Además, se hizo fácil esconderse entre ellos. Sacaron sus cabezas entre las bolsas cuando se prendió el motor de la camioneta.

Mamá cojeaba sujetando la mano de Jaime mientras la camioneta se alejaba.

—Los quiero mucho a los dos. Cuídense —gritó más alto de lo que debía. Su mano soltó la de Jaime y permaneció jadeando en medio del camino.

Jaime la siguió mirando hasta que la camioneta dobló y su mamá desapareció de su vista. Quién sabe cuándo la volvería a ver. O si la volvería... no podía pensar así. Pues de seguro la volvería a ver. Por supuesto.

Pasaron el cementerio donde estaba enterrado Miguel, el camino que llegaba a la escuela a la que Miguel comenzaría a asistir en el otoño, el parque donde Miguel... Bien, él no quería volver a ver ese lugar.

El pueblo donde Jaime había vivido toda su vida desapareció. Su casa, su familia... A partir de ahora su hogar estaría cada vez más lejos.

CAPÍTULO CUATRO

Jaime perdió la noción del tiempo que llevaba observando el camino que habían dejado atrás. Los sacos lo apretujaban como cuando él y sus primos se escondían entre los cojines del sofá. Su cara asomaba entre estos como un micoleón, los mamíferos de lengua y rabos largos que habitaban en la selva que rodeaba su pueblo. Por un tiempo pudo reconocer algunos lugares que pasaron, como el pueblo donde vivían primos, el árbol bajo el cual él una vez vomitó, el camino que llevaba a la playa donde él y Tomás habían visto el atardecer. Entonces un pueblo oscuro comenzó a parecerse al próximo pueblo hasta que se dio cuenta de que él nunca había estado tan lejos de su casa.

Es tu culpa, Miguel. Si vos estuvieras aquí nosotros estaríamos en casa. Este pensamiento cruzó su mente antes de que él pudiera impedirlo. No podía culpar a Miguel. No cuando él había muerto peleando. *Pero si Miguel se hubiera unido a los Alfas*... Jaime sacudió la cabeza para alejar estos pensamientos. Si Miguel se hubiera unido a los Alfas, él jamás se lo hubiera perdonado. Hubiera sido una traición a él y a su familia. Nada hubiera sido peor. Aunque él detestaba haber tenido que dejar su hogar, sabía que tenía que ser valiente como Miguel.

Después de andar kilómetros y kilómetros por caminos llenos de huecos y sin luces alumbrando las calles, llegaron a una carretera. El viento le golpeaba la cara a Jaime y las luces de los otros autos lo cegaban. Quizás era mejor esconderse para que nadie supiera que él estaba ahí. Cerró sus ojos y se hundió entre los sacos.

Cuando volvió a abrir los ojos observó, entre los sacos, que estaba aclarando y pestañeó desconcertado varias veces. Se extrañó de que se hubiera podido quedar dormido. No porque no supiera dónde estaba, pues desgraciadamente no podía olvidar los acontecimientos de la semana pasada, sino por haber podido quedarse dormido en las circunstancias actuales.

Haciendo un ruido discordante y traqueteando, la camioneta disminuyó la velocidad. Quizás fue por eso que se había despertado. Se estiró lo cual hizo que los huesos de su cuello crujieran y se incorporó tratando de ver dónde estaban.

Una mano lo agarró por el hombro y él gritó.

—¡Shh! —susurró Ángela al lado de él y comprendió. Estaban parando y si habían parado era por alguna razón. Hasta que no supieran por qué, tenían que permanecer escondidos. Jaime se maldijo a sí mismo por su imprudencia. Hacía pocas horas que habían dejado su hogar y por el grito que había dado los podían haber agarrado.

Pancho paró la camioneta. La respiración de Jaime era entrecortada para evitar que los sacos se movieran. Pancho ni se bajó de la camioneta ni la apagó, lo cual significaba que algo lo había hecho detenerse.

A través de las rendijas entre los sacos Jaime pudo ver unas luces rojas que parpadeaban en el cielo del amanecer. Dos ladridos penetrantes se oyeron a la distancia. Los sacos alrededor de Jaime se movieron y él sabía que Ángela se estaba escondiendo más para atrás entre los sacos de ropa. Los perros la aterraban.

Jaime se preguntó si él también debía tenerles miedo. Aunque los perros en general le gustaban, estos tenían dientes contra los cuales él no podía competir y podían oler a una persona que estuviera escondida. Movió su cabeza con cuidado para poder escuchar sin que los sacos se movieran en caso de que alguien o algún perro los estuviera observando. Bueno, parecía que por lo menos los perros estaban lejos.

Pancho sonó la bocina y otros tres choferes hicieron lo mismo. —Oye, ¿qué está pasando?

En la parte de atrás de la camioneta Jaime se encogió. ¿Por qué tenía Pancho que llamar la atención? Juzgando por la distancia que habían viajado y las luces que parpadeaban, Jaime supo que estaban en la frontera con México. Si ellos tuvieran papeles y pasaporte, él y Ángela estarían sentados al frente con Pancho y dirían que estaban visitando a la familia por un par de días... en un día que había clases... con Pancho que parecía un gringo curtido con sus ojos claros y su piel blanca en contraste con Ángela y Jaime con el pelo negro y las caras cuadradas que habían heredado de su abuelo maya. Quizás era mejor entrar a México aplastados entre los sacos mientras no fueran descubiertos.

Pasaron segundos o quizás horas antes de que oyera el ruido de unas botas pisando fuerte sobre el pavimento dirigiéndose hacia donde ellos estaban. Las luces rojas parpadeantes cortaban el alba que había comenzado a aclarar más y los colores verde y rojo del cielo se mezclaban con los azules y púrpura.

—¿Eres tú, Pancho? —preguntó una voz gruesa a menos de un metro de distancia.

—Claro. Traigo cosas para vender, ya sabe. ¿Qué está pasando?

—Un chico pasando contrabando. Alega que él no sabía nada. Pero eso es lo que dicen todos.

Pancho soltó un juramento. Jaime estaba de acuerdo con él. Si ya los guardias habían agarrado a alguien tratando de pasar drogas, de seguro iban a registrar la camioneta de Pancho en caso de que él también estuviera tratando de pasar lo mismo. Jaime sabía que aunque Ángela no se había movido ni un pelo entre las bolsas ella estaba pensando lo mismo.

Un peso ligero hizo que la camioneta se moviera indicando que el guardia estaba apoyado contra la ventanilla abierta de Pancho.

—Ándale, ¿qué vendes hoy?

—Ropa. De marcas buenas. Gap, Calvin Klein. ¿Qué talla es su esposa? Tengo unos Levis que a ella de seguro le gustarán.

El ruido de plástico en el asiento del frente indicaba que Pancho estaba abriendo algunas bolsas.

—No, mejor no —contestó el guardia, pero el camión crujió indicando que el guardia se estaba recostando aún más contra la ventanilla—. Si le quedan grandes va a pensar que yo creo que está gorda y si le quedan pequeños va a estar furiosa porque está gorda.

Aún así se oyó el sonido de unos pantalones de mezclilla que estaban sacudiendo fuera de la camioneta. Un perro volvió a ladrar. El tintineo de su collar indicaba que se estaba acercando. Ángela clavó sus uñas en la camisa de Jaime llegando hasta su hombro. El guardia y Pancho seguían hablando como si los perros no existieran.

—Este tiene muy buen estilo. Se lo puede poner con sandalias o tacones —dijo Pancho.

—Bueno, pero si ella se queja de que no le sirven...

—Entonces se los da a su amante.

El guardia rió y le dio una palmada a Pancho en el hombro. —Eres buen hombre.

El aliento entrecortado y el tintineo del collar estaban más próximos. Jaime no podía ver al perro pero sabía que no estaba más lejos que la distancia de un auto. A su lado, Ángela susurró una oración a San Francisco, patrón de los animales y de los polizones.

El guardia le indicó a Pancho que siguiera adelante y la camioneta comenzó a moverse mientras crujía al cruzar un puente. Jaime y Ángela suspiraron fuertemente aunque volvieron a contener el aliento al oír un perro que ladraba. La camioneta siguió adelante y nadie gritó que se detuvieran. Sintieron un ligero bache en la carretera y después el pavimento se tornó más parejo. Habían cruzado la frontera con México. Tanto aspaviento para nada.

Pancho manejó como media hora más antes de apagar el motor. La camioneta tambaleó como quejándose de lo vieja y cansada que estaba.

—Fuera, patojos —dijo Pancho golpeando los lados de la camioneta—. ¡Ándale!

Jaime agarró su mochila y la bolsa plástica que la abuela había preparado. Dio una voltereta para salir de entre los sacos y parpadeó por la luz del sol. Su pierna izquierda estaba dormida y al comenzar a circular la sangre nuevamente sintió como si fueran millones de hormigas escabulléndose en su pierna. Hinchó su pecho y su barriga mientras sus pulmones se llenaban de aire fresco y sonrió mirando alrededor.

Debía de estar nervioso y asustado pero en este momento sentía la sensación de aventura. Estaba en México. Otro país, un lugar nuevo, un pueblo extraño.

El cual no era tan diferente de los pueblos de su país.

Pancho había parqueado entre dos edificios de cemento en un callejón que era visible solo para los que pasaban por ahí. Pero como era muy temprano en la mañana no había nadie por la calle. En las esquinas del callejón había bolsas plásticas rotas y basura por todas partes. La noche fresca dio paso a la humedad caliente. Jaime podía ver casas de cemento con rejas en las ventanas y en las puertas a lo largo de esta tranquila calle residencial.

—¿Dónde estamos? —preguntó.

—Tapachula en Chiapas —contestó Pancho mientras recogía algunos sacos que se habían caído cuando ellos se bajaron de la camioneta.

Claro que era Chiapas. El estado mexicano más al sur y más próximo a Guatemala. Podía recordar el mapa de América del Norte que estaba colgado en su salón de clase. Tantas horas en la parte de atrás de la camioneta y solamente habían recorrido unos pocos centímetros. Este iba a ser un viaje larguísimo.

—¿Cómo van a continuar desde aquí? —preguntó Pancho mientras observaba la calle y trataba de actuar como si él siempre parara entre los dos edificios con dos fugitivos.

—Tomaremos el autobús que va hacia Arriaga —contestó Ángela.

Pancho sacudió la cabeza. —No tomen el autobús. Es muy peligroso.

—Entonces quizás debamos montarnos en el tren desde aquí —ella respondió despacio.

—Aún peor. No van vivir para contar la historia.

Ángela miró a Jaime. Se les estaban acabando las opciones y llevaban menos de medio día de viaje.

—¿Qué sugerís que hagamos, Pancho? —preguntó Jaime. Quizás él se ofreciera a llevarlos un poco más adelante.

Pancho miró su reloj y volvió a observar la calle. Movió su bigote blanco como si estuviera detectando algún peligro escondido. —No hay ninguna manera segura a menos que tengan mucho dinero o una capa de invisibilidad. La mayoría de las personas de aquí no recogen a aquellos que piden aventón, y si lo hacen, el chofer podría ser parte de una pandilla o de la migra. Los secuestrarían para pedir rescate o los mandarían de regreso a Guatemala.

La migra. Jaime sabía quienes eran. Todos los inmigrantes lo sabían. En papeles eran oficiales de inmigración contratados para evitar que los centroamericanos usaran a México para llegar a Estados Unidos y Canadá. En la realidad eran hombres armados que seguían sus propias reglas de acuerdo a la cantidad de dinero que les ofrecieran.

—Y si caminan —Pancho continuó— pueden encontrarse con pandillas o bandidos que los asalten y los dejen para que se pudran. Yo no puedo llevarlos más lejos. Mi trabajo está aquí.

Ángela respiró profundamente por la boca y Jaime comprendió que estaba preocupada. No había ninguna opción buena pero tenían que seguir adelante.

—Creo que nos arriesgaremos con el autobús —Ángela miró a Jaime para ver si él estaba de acuerdo pero él solamente se encogió de hombros. La migra, los trenes, los bandidos y más pandillas. Esto lucía peor que lo que habían dejado atrás. Excepto que aquí había variedad en la forma en que podían morir.

Pancho gruñó pero no ofreció ninguna sugerencia. —Bueno. La estación de autobús no está lejos, solo a unas cuadras de aquí y tienen un horario regular.

Hubo un momento de silencio pues nadie sabía qué decir. Despedirse era lo indicado, pero eso significaba que ellos estaban ahora por su cuenta.

—Gracias por traernos hasta aquí —dijo Ángela besándolo en la mejilla igual que lo haría con un abuelo.

Pancho se ruborizó al mismo tiempo que miraba la

bolsa con comida que abuela le había dado. —Su familia siempre ha sido muy buena conmigo.

Jaime sintió que desde el cielo Miguel asentía y sonreía pues ambos sospechaban desde hacía tiempo que a Pancho le gustaba su abuela.

Pasó otro momento incómodo hasta que un carro pasó volviéndolos a la realidad del sucio callejón. Pancho cambió de posición y su cara se arrugó con preocupación. —Es tarde. Escuchen. Si la migra los para, manténganse calmados. Sólo se ponen nerviosos aquellos que no deben de estar aquí. Pase lo que pase, ustedes no me conocen. Llegaron hasta aquí por su cuenta.

—Entendemos —contestó Ángela.

—Tengan mucho cuidado en quién confían. No todos son sus amigos.

Jaime apretó aún más fuerte su mochila contra su pecho.

Pancho caminó hacia la camioneta, paró y se volteó hacia ellos. Fue hacia la calle y les indicó con la mano que lo siguieran. —¿Ven esa montaña a lo lejos? Ese es el volcán Tacaná.

—Está en la frontera entre Guatemala y México —dijo Jaime. Lo había estudiado en la escuela. Es el segundo volcán más grande de Centroamérica. Se dio cuenta de lo cerca que aún estaba de su casa, y a la vez de lo lejos.

Él debió de haber leído la mente de Pancho o Pancho leyó la de él.

—Habrán otras montañas y otros volcanes —dijo Pancho—. Pero si piensan que cada uno es Tacaná, nunca se sentirán lejos de su hogar.

Esta vez Pancho regresó a su camioneta poniéndola en marcha y diciendo adiós con la mano. Salió del callejón sin mirar si venía algún vehículo. Jaime y Ángela permanecieron ahí unos minutos en ese pueblo que les parecía conocido, pero la visión del volcán a lo lejos les hizo comprender todo el camino que aún les quedaba por recorrer.

CAPÍTULO CINCO

El próximo autobús para Arriaga salía en veinte minutos pero si esperaban hasta la tarde podían montarse en uno de otra compañía que les costaba casi cien pesos menos, cada uno.

—¿Cuántos quetzales es eso? —susurró Jaime. Estaban parados frente al mostrador de los boletos. La pregunta fue dirigida a Ángela pero el empleado, un viejo con espejuelos muy gruesos, contestó sin mirarlos.

—Alrededor de cincuenta.

—Dos boletos para el autobús de la tarde, por favor —dijo Ángela al mismo tiempo que Jaime decía— El boleto más barato está bien.

Cien pesos, cincuenta quetzales. Eso era suficiente para comprar diez Coca-Colas o veinte panecillos. Había gente en su pueblo que no ganaban eso en un día de trabajo. Claro que esto no era nada comparado con todo el dinero que estaba cosido en sus pantalones pero les hizo darse cuenta de cuánto dinero iban a necesitar para llegar hasta el río Bravo que divide los dos países en el norte.

Tenían varias horas sin nada que hacer y se pusieron a caminar por Tapachula. Las personas caminaban por el lado de la sombra de la calle. Había hombres que los llamaban para que compraran los jugos que ellos vendían en recipientes de poliestireno con bolsas plásticas por encima como tapas. Las mujeres vendían mango, guayaba, papaya, mamey —tres por diez pesos. Niños más pequeños que Jaime llevaban bandejas amarradas al pecho vendiendo paquetes de cigarrillos.

Muy distinto de cómo estaban las estructuras en su pueblo donde todo necesitaba desesperadamente pintura y arreglos, aquí había dos edificios, el palacio municipal y la iglesia, que eran verdaderas obras de arte. Al entrar en la Iglesia de San Agustín, pintada de amarillo y blanco con sus altos e impresionantes pilares, Jaime no podía parar de mirar a su alrededor sintiendo que estaba envuelto en arte. Él nunca había tenido la experiencia de ver algo tan bonito e intenso. Por primera vez desde la muerte de Miguel se sintió en paz. ¿Por qué tenían que ir hasta donde estaba Tomás? Cuando en este lugar tan espectacular nada malo podía pasarles y además estaban lo suficientemente cerca para poder ver su país.

La madera crujió cuando Ángela se sentó en un banco del frente. Con las manos unidas, sus labios comenzaron a rezar en silencio mientras dos turistas gringos tomaban fotografías y se oían sus voces como un eco.

Jaime rezó por un segundo por su familia, por Miguel, por Ángela y por él antes de sacar su cuaderno y un lápiz de su mochila. Mamá siempre decía que sus habilidades artísticas eran un regalo de Dios. Por lo tanto a Él no le iba a molestar que Jaime usara su talento en Su casa.

Llenó cuatro páginas de su cuaderno para hacerle un poco de justicia a esta iglesia tan bella. Hubiera querido poder captar también la sensación de estar ahí envuelto en el arte, pero este sentimiento no lo podía ni expresar en palabras ni captarlo en su dibujo. La arquitectura, la forma en que la luz penetraba a través de los vitrales de la ventana. Jaime sabía que las personas que estudiaban arte aprendían cómo usar las sombras y la luz para resaltar las características de los objetos y cómo hacer que la imagen en el papel adquiriera una vida tridimensional. Pero su escuela no podía pagar a un maestro de arte, así que Jaime hizo lo mejor que pudo. El resultado, aunque no se podía comparar con la realidad de la belleza de la iglesia, no estaba nada mal.

La mano de Ángela en su hombro lo volvió a la realidad. Por la forma en que la luz entraba por los vitrales debía de ser mediodía, hacía horas que habían llegado. Era una bendición estar en un lugar donde uno se podía olvidar de todo.

En la calle frente a la iglesia se sentaron en un banco en el Parque Central Miguel Hidalgo, una plaza pavimentada con piedras, una fuente, los troncos de los árboles pintados de blanco y los setos muy cuidados que contrastaba con el parque de tierra y sin plantas donde Miguel había...

No, Jaime no iba a volver a pensar en ese parque.

El banquete que abuela había preparado para ellos a medianoche parecía que había sido hecho hacía siglos. Miraron dentro de las bolsas plásticas que abuela les había dado y encontraron tamales envueltos en hojas de plátano, un trozo de queso fresco, chorizo hecho por primos que vivían cerca, mangos del árbol detrás de su casa y un montón de tortillas caseras.

Jaime paró en seco antes de agarrar la mitad del chorizo y del queso. —¿Cuánto tiempo nos tiene que durar esta comida?

—Lo más posible —contestó Ángela escogiendo el tamal más pequeño y comenzando a abrir las hojas de plátano. Jaime dejó el queso y chorizo por un tamal también.

Tres palomas azul grisáceas caminaban para adelante y para atrás delante de ellos lo suficientemente lejos como para no ser pateadas.

—¿Cuánto tiempo creés vos que nos va a demorar este viaje? —Jaime miraba el tamal en sus manos en vez de mirar a su prima. No le pregunté a papá.

En realidad no había querido saber. Ni en aquel momento ni ahora. Mientras menos supiera menos responsable era. Era mejor dejar que los adultos hicieran los arreglos y dejar que Ángela tomara las decisiones ahora. Si algo salía mal, él no sería culpable.

Ángela sacudió la cabeza.—No sé. Tina mencionó una vez en la escuela que a su papá le demoró cuatro días, pero al de Marisol le demoró muchísimo. Varios meses.

—¿Meses? —Jaime se atragantó. ¿Cómo iban a sobrevivir varios meses? Hacía doce horas que se habían despedido de su familia y ya él se sentía perdido sin ellos. ¿Qué iba a pasar cuando se les acabara la comida y no hubiera nadie que se ocupara de ellos dos?

Ángela miró detrás de ella y alrededor del parque. Excepto las palomas, no había nadie lo suficientemente cerca de ellos como para escuchar lo que estaban hablando. —Hay muchas cosas que vamos a tener que decidir en el viaje. Nuestros padres emplearon el tiempo consiguiendo el dinero y no planeando todos los detalles.

La mano de Jaime tocó la cintura de su pantalón. ¿Cómo había sido posible que sus padres pudieran conseguir todo este dinero tan rápido sin que los Alfas se enteraran? La culpa que había sentido cuando se enteró de la muerte de Miguel le quemaba el estómago. Era su culpa que Miguel hubiera muerto. Ángela de seguro pensaba lo mismo. Era su culpa que él estuviera todavía vivo y que sus padres se hubieran tenido que sacrificar tanto para que él pudiera continuar así.

—¿Sabés el teléfono de Tomás? —le preguntó Ángela.

Jaime sacudió su cabeza sintiendo aún más culpa. Él nunca había llamado a su hermano. Mamá era la que llamaba después de marcar todos los números de la tarjeta de teléfono en el teléfono público del pueblo. Usando el celular del tío hubiera costado demasiado.

—Mamá me lo apuntó en un pedazo de papel. Está en mi mochila.

Ángela sacó un papel de su bolsillo. Ya estaba estrujado y doblado en los bordes. —Debemos aprendérnoslo de memoria por si acaso le pasa algo al papel o a nosotros.

¿Qué? Él había estado tan preocupado por lo que le había pasado a Miguel que no se había preocupado por lo que pudiera pasarle a ellos. A Ángela. Agarró su mano libre y le dijo —Yo no voy a permitir que nada ni nadie te haga daño.

Ella evitó mirarlo. —Aún así debemos saber el número de memoria.

Tenía razón. Hubiera sido estúpido no hacerlo. El papel podía mojarse, o romperse, o perderse. Pero si se lo aprendía de memoria, él estaba aceptando la posibilidad de que ella lo dejara y se fuera con Miguel. Y él no quería tentar la suerte.

Dios mío, no me hagas responsable de otra tragedia, rezó antes de estudiar el papel que estaba en las manos de Ángela. Repasó los diez dígitos en su cabeza recitándolos como un poema y poniendo énfasis y ritmo en ciertos números para recordarlos mejor. Cinco, siete, los cantaba como la introducción a una canción; cinco, cinco, cinco, cinco, tocó su pierna cuatro veces; veintiuno fue como una pregunta, ochenta y seis como la respuesta: 5, 7, 5-5-5-5, 21, 86. Iba a tener que repetirlo más tarde.

—Está bien. Ya lo tengo —dijo mientra oía el ritmo de los números y los visualizaba en su cabeza. Ya había hecho su parte. No necesitaba saber nada más del viaje.

Ángela no estaba de acuerdo. Dobló el papel y lo guardó en su bolsillo. —Cuando lleguemos a Arriaga vamos a pasar la noche en un refugio que el padre Lorenzo hizo arreglos para que nos quedemos. Ahí tenemos que contactar a El Gordo, al cual ya le han pagado para que nos ponga en el tren que va para Ciudad de México.

—Sí, yo he oído sobre El Gordo —interrumpió Jaime. Si Ángela creía que él sabía lo que había que hacer quizás podrían cambiar el tema de conversación—. Mamá dijo que el primo de Hernán Domingo lo había contratado pero que era caro.

Ángela asintió varias veces con la cabeza. —En la capital le dieron un depósito a un hombre llamado Santos y ahí le daremos el resto del dinero para que nos monte en el próximo tren para Ciudad Juárez.

—Y entonces cruzamos el río Bravo —añadió Jaime a pesar de su decisión de mantenerse ignorante.

—Y entonces cruzamos el río Bravo —asintió Ángela— que en El Norte lo llaman el río Grande.

Cruzando la frontera entre México y Estados Unidos. Aún resonaban en sus oídos las palabras de su tía de que tenían que cuidar el dinero cosido en los pantalones. ¿Aún con el dinero, cómo iban a poder cruzar? Le aterraba lo que él sabía sobre esto. Los noticieros en la televisión enseñaban a los oficiales de inmigración disparando contra todo lo que se movía, centros de detención repletos de personas, políticos que decían que todos los inmigrantes era violadores y asesinos. Y antes de cruzar estaba Ciudad Juárez, la ciudad mexicana que estaba en la frontera y que era notoria por la violencia y el tráfico humano. No parecía que Ángela supiera tampoco cómo se las iban a arreglar.

El tamal permanecía sobre sus piernas sin haberlo tocado. Él lo abrió pretendiendo que estaba caliente y servido con la salsa chia de abuela.

Jaime sintió que ya sabía demasiado. Sus amigos en la escuela hablaban, los anuncios en la televisión y las carteleras prevenían a las personas sobre los horrores. A través de este viaje ilegal de cuatro mil kilómetros ellos atravesarían lugares mucho más corruptos que su pueblo, huyendo de pandillas más violentas que los Alfas, yendo a un país donde nadie excepto Tomás quería que estuvieran. A donde quiera que fueran en este viaje no serían bienvenidos.

5, 7, 5-5-5-5, 21, 86.

La envoltura de hoja de plátanos del tamal se voló de sus piernas chocando contra un poste de luz donde las palomas la picotearon hasta la muerte. Él y Ángela tenían que hablar de otra cosa.

Aunque se comieron un tamal y un mango cada uno no estaban llenos, pero la comida hecha con amor por abuela los reconfortó. Caminaron por el parque y se sentaron en un banco diferente frente a una estatua de Benito Juárez, el indio zapoteca que se convirtió en un héroe revolucionario a mediados de 1800 y que fue uno de los mejores presidentes mexicanos. Juárez no había tenido ninguna influencia en Guatemala pero lo habían estudiado en la escuela lo mismo que habían estudiado sobre Abraham Lincoln y Mahatma Gandhi.

Ángela descansó su cabeza sobre el regazo de Jaime con sus brazos alrededor de la mochila que tenía sobre el pecho. Cuando eran pequeños, papá los llamaba junto con Miguel: Hugo, Paco y Luis, como los tres sobrinos del Pato Donald. A veces peleaban, a veces se unían dos contra el otro, pero al final del día se acurrucaban juntos como los perritos en una camada.

Hacía años que no dormían de esa manera, pero Ángela nunca había llegado a esa fase en la que pensaba que era demasiado mayor para confortar a su hermano pequeño y a su primo hermano. Jaime esperaba que él nunca llegara a esa fase tampoco.

Sacó de su mochila su cuaderno de dibujo y, balanceándolo sobre el brazo del banco, comenzó a dibujar con líneas largas la estatua del héroe.

—¿Si hubiera un presidente como Juárez ahora, creés que las pandillas como los Alfas se estarían adueñando de México y de Centroamérica? —Ángela preguntó con los ojos cerrados pero frente a la estatua como si la estuviera contemplando a través de sus párpados cerrados.

—No, él no lo hubiera permitido. —Jaime echó un vistazo a la estatua, después a su dibujo y luego a la estatua otra vez mientras su mano izquierda coloreaba los ojos del héroe—. La gente aún dice que si Benito Juárez hubiera venido a Guatemala hace ciento cincuenta años, nuestros padres y abuelos nunca habrían tenido que pasar por la guerra civil que pasaron. Él era así de poderoso.

Ángela estuvo callada por mucho tiempo, lo cual hizo que Jaime pensara que se había dormido.

—¿Vos creés que podamos volver un día? —preguntó ella.

Jaime miró alrededor del parque con su fuente y la pérgola, la iglesia que hizo que él se sintiera que estaba sumergido en el arte y la estatua del hombre que había cambiado la historia de México. Pero la visión del volcán Tacaná que estaba mitad en Guatemala y mitad en México estaba bloqueada por unos edificios como si no existiera.

—Yo no sé. Espero que sí —contestó Jaime.

—¿Vos creés que estaríamos seguros?

¿Si los pandilleros mataban a golpes a aquellos que no se querían unir a ellos, qué no le harían a dos que se escaparon para no unirse a la pandilla? —Quizás en cinco o diez años cuando se hayan olvidado de nosotros. O si Benito Juárez reencarna y hay una revolución.

Ángela resopló. Era mitad risa y mitad desaliento. —Yo no creo en esa leyenda maya que dice que va a volver un gran rey.

—Pues entonces, no.

CAPÍTULO SEIS

Líneas en el cristal que parecían telas de araña se cruzaban sobre el parabrisa del autobús que llevaba a Ángela y Jaime de Tapachula a Arriaga. El motor crujía como si cada movimiento del timón le causara dolor. Aún con todas las ventanillas tintadas abiertas, el aire en el bús estaba caliente, húmedo, sofocante, al igual que los autobuses de su pueblo.

Afuera la selva exuberante se había apoderado del paisaje, incluyendo un puesto de inmigración que estaba abandonado.

Después de ganar tres veces con piedra, papel y tijeras, Ángela se sentó en el asiento más fresco al lado de la ventanilla pero prometió que cambiaría con Jaime en la mitad del viaje de casi cinco horas. Jaime no protestó. Desde el asiento del pasillo podía observar mejor cualquier persona interesante. La visita a la iglesia lo había inspirado y había decidido dibujar en su cuaderno lo más posible de la travesía. Esto haría el camino más llevadero y lo haría olvidarse de la razón por la cual estaban viajando.

Jaime abrió una página en blanco de su grueso cuaderno de dibujo. Si usaba las páginas por los dos lados le quedaban alrededor de ochenta páginas. Eso era suficiente. Hubiera sido bueno si hubiera tenido en dónde apoyar su cuaderno para mantenerlo fijo durante las sacudidas del autobús pero todo buen artista tenía que poder dibujar en condiciones que no son las ideales.

Sus primeros modelos eran obvios. Una pareja blanca de turistas que estaban sentados al frente con sus mochilas llenas del equipo para acampar entre sus piernas. Jaime no paraba de mirar el pelo anaranjado rojizo del hombre. Le recordó el atardecer que él y Tomás habían compartido. Jaime nunca había visto pelo de este alarmante color y estaba seguro de que era teñido. Excepto que mientras más lo observaba y notaba las pecas en la parte de atrás del cuello del hombre y los pelos dorado rojizos en sus brazos, Jaime se convenció de que el pelo no estaba teñido. Le hubiera gustado haber tenido sus pinturas con él y haber tratado de reproducir el color del pelo. En su lugar usó sus lápices de colorear alternando entre dibujar ligeramente con el rojo y apretar más fuerte con el anaranjado. No estaba perfecto, un bache en la carretera hizo que el hombre tuviera una perforación en el cuello, pero el color no estaba mal.

Decidió no dibujar al adolescente que jugaba con su teléfono celular, pues un artista solo escoge modelos de interés, y escogió a la familia con tres niños pequeños captando el momento en el cual la niñita se metió en la boca el chicle que había encontrado debajo del asiento. Estaba a punto de dibujar a las cuatro gallinas (dos blancas con manchas negras, una roja y una con plumas tan negras que parecían azules) apretadas dentro de una jaula de alambre que estaba diagonal a él cuando sintió que lo tocaban en el hombro. La viejita bajita que estaba sentada detrás de él con un vestido blanco de hilo bordado se señalaba a sí misma mientras balbuceaba en el idioma maya mezclado con algunas palabras en español.

—¡Claro que sí! —Jaime estaba de acuerdo y con una gran sonrisa se volteó en su asiento para estar de frente a ella. Aunque él hablaba casi nada de maya ni hubiera podido traducir lo que ella había dicho, él sabía lo que ella quería. Afiló su lápiz marrón mientras la viejita se alisaba su pelo canoso que tenía en un moño.

Los amigos y la familia a veces le pedían a Jaime que los dibujara. Miguel le había suplicado a él que lo dibujara vestido como Superman y a los primos pequeños les encantaba verse inmortalizados como los personajes de las tiras cómicas. Pero esta era la primera vez que dibujaba a una persona desconocida. ¿Y qué si no le gustaba? ¿O si la hacía lucir fea?

Ángela dejó de mirar por la ventanilla donde iba leyendo los nombres de todos los pueblos que pasaban, y asintió dándole confianza a Jaime.

Aunque el autobús iba pasando por baches en la carretera Jaime puso su cuaderno en equilibrio sobre el espaldar de su asiento mientras dibujaba las facciones diminutas de la viejita. Le suavizó las arrugas y captó el brillo de sus ojos. El cuello bordado de su vestido sobresalía en la página. En diez minutos terminó y le mostró lo que había dibujado.

Chilló con alegría mientras se tocaba la mejilla con una de sus manos arrugadas. Señaló a la esquina derecha del dibujo moviendo sus dedos como si sostuviera un bolígrafo.

Jaime recordó lo que su maestro de cuarto grado les había dicho cuando estudiaron la Mona Lisa de Leonardo da Vinci: «Este cuadro famoso no está firmado pero sabemos que Leonardo lo pintó. Si no, no valdría nada». El arte de Jaime no valía nada pero era bueno hacer como que sí valía. Cambió el lápiz de color por uno de escribir y firmó con sofisticado garabato su nombre completo: Jaime Antonio Rivera Muñoz.

Con cuidado arrancó la página de su cuaderno. Sacó los pedacitos de papel que estaban pegados al borde de la página. Valía la pena solamente de ver la piel arrugada sonreír y escuchar palabras de gratitud que él no entendía mientras las manos manchadas por la edad apretaban el papel contra su corazón.

Al llegar al próximo pueblo ella volvió a tocarlo en el hombro. Se paró, midiendo menos de metro y medio, y estiró el puño. Jaime sacudió su cabeza. —No es necesario.

—¡Sí! —dijo ella con tanta insistencia que hubiera sido un desaire si Jaime no le obedecía. Él estiró su mano y ella dejó caer tres monedas.

—¡Gracias! —Él miró radiante a la viejita. Ella extendió sus manos hacia él bendiciéndolo y salió del autobús sosteniendo en una mano sus bolsas de compra y un bastón y envolviendo en la otra el dibujo como si fuera un tesoro.

Ángela, que alternaba entre mirar por la ventanilla y observar la transacción, le dio un codazo en las costillas y preguntó: —¿Cuánto te dio?

Jaime le dio vueltas a la pesada moneda de oro y plata y a las dos de bronce para leer su valor.

—Doce pesos.

—Mírate a vos, Diego Rivera —Ángela bromeó—. Si seguís así vamos a poder volar en un avión hasta donde está Tomás.

Jaime retorció los ojos pero estaba muy satisfecho consigo mismo. No era difícil imaginarse que estaba emparentado con el famoso pintor mexicano, hasta tenían el mismo apellido. ¿Y si algún día fuera mundialmente conocido por sus pinturas como lo era Diego Rivera? No podía imaginarse lo que eso sería.

Mentalmente hizo el cambio del peso al quetzal. Si su cálculo estaba bien, con doce pesos solamente podría comprar un refresco y, con suerte, quizás una galleta. No importaba lo poco que representaban doce pesos. Ya él era un artista profesional. Nada le podía quitar eso.

No había ningún pueblo a la vista cuando dos hombres surgieron de entre la maleza y le hicieron señales al autobús para que se detuviera. Sus ropas estaban rasgadas y sucias, al igual que sus caras. Uno tenía sangre pegada en la frente de un tajo y el labio de abajo del otro le colgaba como una media mojada en el tendedero. Cada uno le dio una moneda al chofer y se quedaron rondando por el frente del bus en vez de ir para atrás a sentarse.

Como diez kilómetros más adelante el chofer paró a un lado del camino. Un camión pasó a toda velocidad haciendo que el autobús se tambaleara como si se fuera a voltear. Los dos hombres magullados le dieron las gracias al chofer y desaparecieron entre la maleza.

Unos minutos más tarde los frenos chirriaron al detenerse el autobús nuevamente. A través de la ventana abierta Jaime no podía ver ningún pueblo ni ninguna edificación, solo árboles frondosos, maleza gruesa y hierbas altas cubriendo todo, peleando entre sí por un pedacito de tierra para sobrevivir. Todos en el autobús se giraron para mirar a través del parabrisas rajado que reflejaba luces como una advertencia.

Algo estaba mal.

Un suspiro contenido recorrió el autobús. —La migra.

Unos conos anaranjados en el medio de la carretera forzaron al autobús a detenerse. Había solamente un guardia de turno con un rifle que le colgaba del hombro listo para usar en cualquier momento.

Jaime apretó fuertemente el lápiz.

El guardia se recostó contra el autobús con las manos en las bisagras de la puerta abierta y miró hacia adentro. Jaime se viró para evitar hacer contacto visual con el guardia y sintió que el rostro lo quemaba de indignación. Tan obvio. Tan culpable. El guardia de seguro iba a saber que él no pertenecía en México. Pero el guardia se volvió hacia el chofer y le preguntó: —¿Alguien nuevo se ha subido? ¿Alguien que yo deba de saber?

El chofer sacudió su cabeza: —No.

Era casi la verdad. Los hombres que él había recogido en el medio del camino ya no estaban. Ellos debían de saber de esta parada y cómo evitarla. Muy listos. Y al mismo tiempo riesgoso. El chofer pudo haber mencionado dónde se habían bajado, los choferes en Guatemala lo hubieran hecho si creían que les darían dinero a cambio de la información. Pero este chofer estaba contento de no meterse en lo que no le correspondía y solamente hacer su trabajo de chofer del autobús. El guardia miró afuera a los seis carros que esperaban detrás del autobús y moviendo algunos conos les hizo señas para que siguieran sin hacerles más preguntas.

Nadie estaba de guardia en el próximo puesto de control, una pequeña estructura de madera a un lado de la carretera. Fue solamente porque Ángela leyó el letrero que Jaime supo que estaba ahí.

Respiró profundamente. Quizás no había nada más de qué preocuparse. Quizás los cuentos que había oído de cómo la migra golpeaba a los inmigrantes, los mandaba para la cárcel y después, con suerte, los enviaba de vuelta a sus países en pedazos, eran solo cuentos para evitar que las personas emprendieran el viaje.

Excepto que él no creía que fueran todos cuentos, especialmente cuando llegaron al próximo puesto de control.

Un edificio grande estaba construido en el medio de la selva. De concreto y acero con pintura blanca e inmaculada, su presencia irradiaba una energía de premonición contra el verde exuberante de la selva.

Había diez carros al frente de ellos y muchos más detrás sonando la bocina. Andaban por todos lados muchos guardias con los rifles entre las manos.

En el asiento al lado de la ventanilla Jaime sintió, más

que escuchó, que Ángela rezaba. Podía sentir su miedo. Jaime rezó también, a Miguel. *Por favor, protégenos.* Con todo lo que habían viajado aún seguían en Chiapas, el estado mexicano más al sur. Iban a necesitar mucha ayuda.

El sudor les chorreaba por los rostros en el sofocante calor del autobús mientras esperaban permiso para poder continuar. El chofer abrió la puerta pero no entraba ninguna brisa y nadie se atrevió a salir. Parecía que habían pasado horas hasta que un guardia, pisando fuerte con sus botas, entró. No tenía rifle pero su mano sujetaba la correa de un perro. Ángela trató de escurrirse entre el asiento y la ventanilla. Jaime le agarró la mano para tranquilizarla y para evitar que hiciera una estupidez. Con el miedo patológico que le tenía a los perros a él no le hubiera sorprendido que hubiera tratado de saltar por la ventanilla y arriesgarse con los guardias armados.

El perro era pequeño y se parecía a Snoopy con las orejas caídas enmarcando su cara. Su nariz se movía de un lado al otro mientras olfateaba las rendijas del frente del autobús.

—No te preocupés —Jaime susurró tan bajito que no sabía si Ángela lo había escuchado—. Él solamente está oliendo. No nos va a lastimar —Excepto que los perros olían el miedo y a Ángela le brotaba por todos los poros. Una premonición se apoderó de Jaime. Esto podría ser una nueva táctica, perros que olían el miedo en las personas para que los guardias pudieran sacar a los extranjeros.

No, pensó respirando profundamente. No hay nada de qué preocuparse. Aunque Ángela todavía tenía las marcas de los dientes en su pierna donde la había mordido un perro cuando era pequeña, él no le tenía miedo a los perros y este no le intimidaba. Especialmente si se lo imaginaba sentado encima de su casa de perro con una gorra antigua de piloto de combate.

Después de oler brevemente al chofer, el perro comenzó a gemir delante de la pareja de turistas sentados al frente.

—Abran las bolsas —dijo el guardia señalando a las mochilas. El tipo del pelo anaranjado dijo algo en un idioma desconocido y abrió las mochilas.

El guardia sorteó entre las cosas y encontró enseguida una bolsita plástica que contenía al parecer unas yerbas secas. El tipo del pelo anaranjado trató de explicarle en su idioma extraño pero el guardia no le hizo caso. Miró por la ventanilla para ver dónde estaban los otros guardias antes de echarse en el bolsillo la bolsita y seguir con el perro.

El perro trotó por el pasillo jadeando en el calor sofocante del autobús, moviendo su rabo y metiendo su nariz en el equipaje de todos. Jaime podía contar sus costillas a través de su pelo marrón, blanco y negro.

Cuando llegó donde ellos estaban, Ángela apretó la mano de Jaime aún más fuerte. Ella movía su mirada de la boca abierta del perro a la ventanilla abierta. Jaime le devolvió el apretón.

Quizás era la imaginación de Jaime pero el perro se demoró mucho oliendo las bolsas de comida de ellos. Ellos habían pasado todo el día en Tapachula y habían mantenido sus pertenencias con ellos pero, ¿podría ser que alguien hubiera metido cosas incriminatorias en sus mochilas? ¿Eran él y Ángela mulas de carga que transportaban drogas ilegales sin saberlo? Eso le había pasado al hermano de Marcela y lo habían metido varios meses en una cárcel mexicana.

O quizás al perro le gustaba oler la comida buena. Ya fuera por valentía o por poco juicio, Jaime le ofreció su mano al perro para que la olfateara.

—¡No lo toques! —el guardia haló el perro hacia las otras personas pero no antes de que Jaime sintiera un lenguetazo muy suave en la palma de su mano.

En la parte de atrás del bus el perro comenzó a ladrar como loco. Ángela se encogió llevando la mano de Jaime a su pecho pero Jaime, al igual que todos, se volteó para ver qué pasaba. Dos hombres estaban sentados en la parte de atrás con sus manos sobre dos bolsas negras de lona. Jaime no recordaba si se habían subido en Tapachula o en alguna otra parte. No hablaban alto y sus rostros eran como los de los otros en el autobús, excepto los de los turistas del frente. Sus pantalones y camisetas eran como los de todo el mundo. Si Jaime hubiera tenido que acordarse de todos los que estaban en el autobús, estos dos se hubieran quedado fuera. Quizás esa era su función. Pasar desapercibidos.

Sin embargo, ahora, con el perro ladrando como loco, nadie se iba a olvidar de ellos.

Los hombres ni siquiera parpadearon. El que estaba a la izquierda, con cejas que se unían sobre el puente de su nariz, metió la mano en su bolsillo y después la extendió. El guardia se movió para darle la mano al hombre y en un instante metió su mano en su bolsillo. Era imposible saber lo que había pasado a menos que lo supieras. Y todos en el autobús lo sabían. Los dos hombres irreconocibles habían sobornado al guardia para que él y su perro se mantuvieran callados.

—¡Cállate! —el guardia le ordenó al perro mientras tiraba la correa. El perro obedeció pero continuaba mirando las bolsas de los hombres. El guardia se volvió para retirarse tirando varias veces al perro que rehusaba moverse. El perro no comprendía por qué lo castigaban por haber hecho bien su trabajo.

—Pobrecito —dijo Jaime cuando el perro y su adiestrador corrupto salieron.

—¿Qué querés decir con *pobrecito*? Casi nos ataca. —Ángela soltó la mano de su primo y se secó el sudor en sus pantalones.

Afuera al perro lo estaban halando hacia el próximo vehículo pero este tenía los ojos color café fijos en el autobús como si fuera un hueso que se le había escapado.

—Él solo quería tener un amigo que le diera chorizo y que creyera en él cuando...

—Shh —Ángela pretendió estirarse mientras observaba a los dos hombres irreconocibles en la parte de atrás del autobús. Cuando se enderezó en el asiento duro, lo miró. —Nada pasó aquí. El perro entró y salió. Eso es todo.

Jaime apretó los labios. —Pero...

—No hay peros —Ángela agarró la camisa de Jaime para acercar a su oído la boca de ella—. Acordate. Pensá en los Alfas, y recuerda lo que la gente con esa cantidad de dinero y de poder son capaces de hacer si creen que vos les vas a causar problemas.

Jaime gruñó mientras se soltaba su camisa de Ángela y asintió.

Buscó una página nueva en su cuaderno. En una esquina un perro Snoopy de color marrón, blanco y negro aparecía con sus dientes brillando en una sonrisa mientras su lengua agarraba un pedazo de chorizo colgando de la correa de su gorra de piloto de combate.

Absorto en lo que dibujaba Jaime no había notado que el autobús no se había movido hasta que Ángela le dio un codazo.

—Cambiá de lugar conmigo, rápido — susurró Ángela mientras saltaba sobre él. Jaime, en medio de dibujar la casa del perro, se sentó al lado de la ventanilla sin preguntar nada.

Momentos después otro oficial de inmigración subió por la escalera del autobús pisando fuerte. Llevaba un rifle colgado de sus anchos hombros. Ignoró a la pareja de turistas como si no estuvieran ahí y le preguntó al adolescente que jugaba con su teléfono que de dónde era él.

—Acaxman, en las afueras de Tapachula —respondió el adolescente.

—Qué pena —dijo el guardia con una mueca como si hubiera pocos lugares peores que Acaxman. El joven se encogió de hombros pero el guardia ya había continuado para hablar con la familia que tenía los tres niños.

—Niños, díganme a dónde van ustedes.

Pero los niños, el mayor de cinco años a lo sumo, lo miraron con los ojos muy abiertos; la niña, la del medio, seguía mascando el chicle que había encontrado debajo del asiento. El guardia esperó pero nadie contestó. Entonces se dirigió a los padres. —¿Son mexicanos?

—Sí. —El papá sacó unos documentos del bolsillo de atrás de los pantalones y estirándolos se los enseñó al guardia. La migra los miró y gruñendo le devolvió los papeles y continuó caminando.

El guardia charló con la mujer que tenía las gallinas en la jaula y le preguntó qué iba a cocinar esa noche y, bromeando o amenazándola, dijo que iba a ir a su casa para cenar. Cuando estaba a dos asientos de Jaime y Ángela, le preguntó a una mujer joven que de dónde era ella.

—Por favor —ella suplicó—. Soy de Chiapas.

Jaime miró de reojo a Ángela y ella confirmó sus sospechas sacudiendo ligeramente su cabeza. A juzgar por el acento de la mujer, Jaime hubiera adivinado que ella venía de El Salvador. El hecho de que temblaba sin control y movía la cabeza como buscando un lugar para esconderse no hacía que su mentira fuera convincente.

El guardia parecía haber adivinado lo mismo. Cruzó los brazos sobre el pecho y se paró con los pies separados. —¿Chiapas? ¿Tienes pruebas? Hablas como si fueras de Centroamérica.

Desde su asiento Jaime notó como la parte de atrás del cuello marrón de ella enrojecía mientras aclaraba su garganta. —No, no. Es que tengo alergias. Es mi garganta. Siempre me sucede en la primavera.

Habiendo perdido la paciencia, el guardia le apuntó con el rifle mientras le gritaba: —¡Bájate del autobús! Te vamos a mandar de vuelta a Guatemala.

—Yo no soy de Guatemala —la mujer insistió, dejando de mentir.

—¿A quién le importa? Desde ahí puedes regresar a tu país.

—Por favor, usted no comprende —la mujer lloraba y suplicaba—. Debo llegar a Texas. Mi marido me golpea. Mis hijos no tienen nada que comer. Por favor, en nombre de Dios —la mujer apretó una bolsa plástica contra el pecho como si la bolsa pudiera protegerla.

No sirvió de nada. El guardia la agarró y la arrastró fuera del autobús hacia un guardia que esperaba afuera. Este hombre la golpeó en la cabeza con su brazo. Ella se cayó en la tierra y tenía sangre saliendo del lado de la cabeza donde el reloj del guardia la había golpeado. Él ni lo notó ni le importó. La golpeó fuerte en el estómago con el rifle y la mujer salvadoreña se paró. Por un segundo pareció que se iba a escapar pero el guardia la agarró por el brazo y se lo torció detrás de la espalda y ella no tuvo más remedio que seguirlo. Sus gritos se escuchaban a través de la selva hasta que la metieron en uno de varios vehículos blancos sin ventanas que estaban esperando a unos metros de ahí.

El chofer del autobús no hizo nada. Su trabajo consistía en manejar el bus y recibir la tarifa. Si esta era su ruta habitual, él estaba acostumbrado a ver esto todos los días.

Jaime tuvo que usar todos sus músculos para evitar mojar sus pantalones. En unos minutos él y Ángela podían ser los próximos.

—Seguí dibujando, seguí dibujando —susurró Ángela al mismo tiempo que la turista gringa se aferraba al brazo pecoso de su pareja.

Jaime miraba su cuaderno como si no lo hubiera visto nunca. ¿Dibujar? ¿Cómo podía dibujar cuando acababa de ver cómo habían literalmente tirado del autobús a una mujer? Pero Ángela tenía razón. Él tenía que hacer de cuenta de que no había nada de qué preocuparse. Como si él perteneciera. Como si fuera mexicano.

Era la segunda vez que las manos le temblaban en el viaje del autobús. Sin pensarlo comenzó a dibujar al lado de Snoopy. Antes de darse cuenta de lo que había dibujado, la señal de Batman apareció en la parte de arriba de la página. Era la señal de que alguien en la ciudad de Gotham necesitaba la ayuda de Batman.

Magnífico. No había ningún simbolismo oculto. ¿Podía su dibujo ser más obvio? Pero aún así él no lo borró. Contínuó con el próximo garabato.

Cuando el guardia regresó al autobús y estaba al lado de ellos, la página de Snoopy y la señal de Batman tenía además a las Tortugas Ninja y al Ratón Mickey en la página. Casi todos los niños en la escuela tenían dibujos semejantes. Esperaba que el guardia tuviera hijos.

—¿Están ustedes dos juntos? —preguntó el guardia. Su aliento apestaba a café y a muchos cigarrillos. Jaime lo observó brevemente y continuó dibujando las orejas de Yoda. Ten calma y aparenta que perteneces ahí.

—Seh —contestó Ángela con más seguridad de la que él sentía. Mientras ella continuaba hablando él pudo notar que su acento había cambiado. Ella estaba poniendo menos énfasis en las vocales finales haciendo que su tono fuera más neutral. —Abuela necesita ayuda por unos días. Se le está haciendo difícil amasar las tortillas.

La verdad es que no era una mentira. A la abuela sí se le estaba haciendo difícil hacer las tortillas y siempre aceptaba ayuda. Jaime dudaba que los detectores de mentiras que aparecían en las películas hubieran podido captarla. Al fin de cuentas, el guardia no había preguntado adónde iban ellos.

—¿Ustedes no son de Chiapas, verdad?

—Veracruz —Ángela mencionó otro estado mexicano. Pero no era un estado hacia el cual el autobús se dirigía ni de dónde venía. El detector de mentiras en la mente de Jaime comenzó a lanzar luces parpadeantes como los autos de los guardias afuera. Pero si Ángela se dio cuenta de su error no lo mostró. —¿Ha estado ahí? Es muy bonito.

Otra vez Jaime notó la diferencia en su acento. *Bien dicho, Ángela*. Y gracias a los programas mexicanos de la televisión.

El guardia notó cómo hablaba y asintió. Cuando Jaime iba a relajarse, el guardia extendió el brazo sobre Ángela y lo sacudió en el hombro, lo cual hizo que el lápiz se le resbalara de la mano haciendo que Yoda tuviera un sable láser de dos puntos.

—¿Y a ti, nene, te gusta ayudar a tu abuela a hacer las tortillas?

—A veces —contestó Jaime encogiéndose de hombros aunque su mente estaba en pánico. No sabía si iba a poder imitar el acento mexicano y recordar de usar los verbos como ellos. Prefirió continuar haciendo lo que sabía hacer: dibujar.

—¿Qué tienes ahí? —el guardia agarró el cuaderno y comenzó a hojearlo.

Jaime tragó en seco. Su cuaderno. ¿Cómo se atrevía este guardia desgraciado a aguantarlo con sus manos mugrientas dejando huellas en las páginas en blanco? Tuvo que aguantarse para no arrebatarle el libro de las manos. Estando bloqueada de la vista por las bolsas, su prima le clavó el talón sobre su pie. Su mensaje era claro: que no se te ocurra hacer algo estúpido.

Su rabia se transformó en miedo cuando trató de acordarse de lo que había dibujado pues temía que hubiera algo que los vinculara con Guatemala. Mentalmente repasó lo que había dibujado empezando con lo último que había hecho. La gente del autobús, la estatua de Benito Juárez, la iglesia. Había recuerdos de su última semana en casa. Rosita jugando con Quico. Los tíos en el patio. Abuela batallando con las tortillas. Mamá durmiendo la siesta. Papá sacándole la lengua. Laura, la muchacha bonita de la escuela que él nunca se había atrevido a hablarle y que ahora era demasiado tarde. El funeral de Miguel...

El ruido del papel que se arrancaba lo trajo súbitamente de regreso al autobús. Había pedacitos de papel en los aros de la libreta donde el guardia de la migra había quitado la página. El pie de Ángela volvió a hacer presión contra el suyo recordándole que no fuera a hacer una tontería. Solamente era una página. Jaime se permitió un respiro mínimo.

—A mi hijo le gustan las lagartijas. Él siempre las protege del gato —el guardia sacudió el dibujo que Jaime había hecho cuando se enteró de la muerte de Miguel y le tiró el libro sobre las piernas.

Con una mano sosteniendo el dibujo de la lagartija para abanicarse y librarse del calor sofocante del autobús y con la otra sobre el rifle, el guardia siguió caminando para interrogar a las siguientes personas.

Era muy pronto para poder respirar de verdad. Jaime apretaba el cuaderno contra su regazo. Lo sentía como un libro diferente. Estaba gastado y más flexible, la portada ya no era tan nueva. Sospechó que podía vivir con este sentimiento diferente de violación mientras no perdiera el cuaderno para siempre. Era su vida o lo que quedaba de ella.

Cinco minutos después el guardia salió del autobús. Ningún auto les bloqueaba el camino y otro guardia diferente les hizo señas para que siguieran adelante. Suspiros de alivio salieron de los que estaban en el autobús, desde el chofer hasta el más pequeño de los niños. Cuando pasaron al vehículo blanco sin ventanas, todos se voltearon para mirarlo y también al asiento vacío que pocos minutos antes le correspondía a la mujer buscando una vida mejor.

CAPÍTULO SIETE

Con una sacudida, el autobús paró en Arriaga. Jaime parpadeó varias veces mientras, a través del cansancio que tenía, trataba de darse cuenta de lo que estaba pasando. Claro, tenían que bajarse del bus. Ángela estaba igual que él, cansada, desorientada y de mal humor. Tenía el pelo enredado pues el viento se lo había enmarañado. Agarraron sus mochilas y las bolsas de comida antes de seguir a los otros pasajeros fuera del autobús.

—Quedate al lado mío —le dijo Ángela pero Jaime no tenía intenciones de dejarla sola.

El viaje había demorado casi seis horas con todas las paradas. El reloj dentro de la estación marcaba las 9:53 de la noche. Las personas que se bajaron del autobús se fueron en diferentes direcciones desapareciendo en la noche.

Jaime y Ángela se quedaron bajo las luces de la estación mirando su alrededor.

La estación parecía estar en un área abandonada del pueblo. Si esto era un pueblo.

El viento cambió, trayéndoles el olor a sal de mar y a pescado podrido del océano Pacífico, que estaba a diez kilómetros de ahí. Un viejo caminaba tambaleándose y hablando consigo mismo. Se paró debajo de un poste de luz que estaba fundido y lo maldijo por haberle arruinado su vida. Cerca de la estación dos autos tomaron la carretera principal por donde el autobús había llegado con los motores gruñendo y yendo a mil kilómetros por hora. Las vidrieras semidestruidas de un puñado de tiendas situadas frente a la estación estaban trancadas. Colillas de cigarrillos, envolturas de barras de chocolate y caca de perros estaban esparcidas entre la estación y el camino de tierra y piedras.

Además de esto no había más nada excepto árboles y postes de luz. A menos que contaras lo que estaba escrito en el frente de una de las tiendas que estaban cerradas. «¡Váyanse centroamericanos!» Y había además palabras groseras. Esto estaba escrito con pintura fresca.

—No nos quieren aquí —dijo Jaime entre dientes.

Ángela se paró en la punta de sus pies para poder ver mejor hacia dónde se dirigían. —Nadie sabe que estamos aquí.

—No nosotros, vos y yo. Nosotros los centroamericanos —Jaime apuntó hacia lo que estaba escrito.

Ángela apretó los labios y se volteó rápidamente. —Tenemos que encontrar el refugio.

—¿Cómo se llama otra vez?

—Iglesia de Santo Domingo.

—¿Adónde está?

—¡No sé, no sé! —gritó mientras se cubría la cara entre las manos. Jaime trató de ponerle una mano sobre el hombro pero ella se la sacudió—. Pará de hacerme tantas preguntas.

Ángela se derrumbó contra el cemento. Jaime se agachó al lado de ella y la abrazó. Esta vez ella no se resistió. Él recordaba lo que tía Rosario, la mamá de Ángela, decía cuando uno de sus hijos lloraba. «Está cansado. Pobrecito, necesita dormir».

Cansado. Habían pasado demasiadas cosas en las últimas veinticuatro horas. Él había dormido en el camión de Pancho y había tomado una siesta en el autobús. No sabía si Ángela había hecho lo mismo. Ni siquiera sabía si había dormido la noche anterior.

Se humedeció los labios. Él no estaba acostumbrado a preocuparse por las demás personas. Esa era la función de mamá. Y de Ángela. Y de Miguel. ¿Qué haría Miguel en su lugar?

La respuesta le llegó como si Miguel estuviera a su lado

susurrándole en el oído. Pon las cosas en orden y observalas lógicamente. «Un paso a la vez».

Jaime le apretó el hombro a Ángela.

—Lo primero que tenemos que hacer es encontrar esa iglesia. Le preguntaremos a alguien —preferiblemente no al viejo que ahora le estaba gritando palabras sin sentido al poste eléctrico.

Ángela respiró profundamente tratando de controlarse.

—Tenemos que tener mucho cuidado. Esas estaciones de control que pasamos no estaban ahí solamente para el tráfico de drogas. Recordá lo que le pasó a la mujer salvadoreña. Los mexicanos no nos quieren aquí. Creen que todos somos criminales y que no valemos nada delante de Dios.

Claro que él sabía todo esto. Sus vidas estaban en juego. Estaba consciente de lo que sucedería si los mandaban de vuelta para Guatemala.

—Tenemos que encontrar esa iglesia. No podemos dormir aquí.

—Es cierto —Ángela se levantó y se secó los ojos con la manga de su camisa—. Vamos a tener que buscar un teléfono público y usar los últimos pesos que tenemos para llamar a papá. Esperemos que él se pueda comunicar con el padre Lorenzo, el cual puede…

Jaime le indicó con la mano que se callara. Tenía su atención puesta en lo que estaba escrito en el frente de una de las tiendas. Había algo escrito debajo de las palabras llenas de odio. Se acercó a la división de hierba que había entre el estacionamiento de la estación de autobuses y la calle para poder leer mejor lo que había escrito. «Dios le da la bienvenida a todos en Santo Domingo, 17A norte».

—¡Ángela, mirá! ¿Creés que pueda ser un truco? —dijo Jaime apuntando a lo que estaba escrito. La dirección los podía llevar hasta donde estaba la pandilla que controlaba Arriaga o hacia las oficinas de la migra. Pero Jaime sintió que podía confiar en lo que estaba escrito. Era su mejor opción pues era muy tarde y no había a nadie a quién preguntarle. Tampoco había ningún teléfono público a la vista.

—No tenemos otra opción —contestó Ángela—. Tenemos que intentarlo.

La esquina de la calle frente a la estación del autobús les indicó cuál era el número de la calle donde estaban y el número de la avenida que cruzaba. Si Arriaga seguía el mismo sistema que Tapachula y que los pueblos de Guatemala, con los números subiendo o bajando, podrían encontrar la iglesia si tenían la dirección correcta.

Siguieron por la carretera oscura hasta llegar a la vía del ferrocarril donde las calles cambiaron de sur a norte, pero después doblaron mal varias veces.

A oscuras, en un pueblo extraño, todo les parecía peligroso. En un camino de tierra escucharon voces escandalosas que gritaban detrás de puertas cerradas y de pronto se oyó un disparo y hubo silencio. Jaime y Ángela se agarraron de la mano y corrieron en el otro sentido. Volvieron a doblar mal por una calle oscura donde dos hombres afuera de un bar con mirada lasciva le hacían señas a Ángela para que fuera donde ellos estaban.

—Ven muñeca, te queremos enseñar algo.

Jaime hizo lo mismo que Miguel hubiera hecho. Les dijo que eran unos cerdos desgraciados y que sus mamás no los habían criado correctamente y que se iban a pudrir en el infierno. Excepto que Miguel lo hubiera dicho en voz alta y Jaime lo dijo en su cabeza. Ambos ignoraron a los hombres y se apuraron para buscar otra calle más segura.

Después de otras calles sin salida que terminaban en una casa o en el río al fin encontraron una calle que cruzaba la 17A norte. Una cruz de madera con el nombre borroso que decía «Santo Domingo» estaba clavada en un poste. Una flecha apuntaba hacia el final de la calle.

El humo de una fogata ascendía al cielo y se escuchaban risas que venían del río. La calle con casas que se estaban derrumbando terminaba en una iglesia en ruinas. Su estructura de piedras y cemento malamente se sostenía y estaba amarrada con sogas en diferentes lugares. Había unos hombres sentados en los escalones de afuera fumando cigarrillos que ellos mismos habían enrollado y hablando en voz baja. Cuando Jaime y Ángela se acercaron el hombre grueso que estaba sentado en el medio se paró.

—¿Están buscando albergue? Yo soy el padre Kevin, bienvenidos.

El padre Kevin no se parecía en nada a ningún otro cura que Jaime había visto antes. Tenía sandalias, unos pantalones cortos floreados, una camiseta azul sin mangas y el cigarrillo le colgaba del labio inferior. Pero le colgaba del cuello un crucifijo de plata y en la pared detrás de él se podía leer con letras borrosas «Iglesia de Santo Domingo». *Por lo menos*, se dijo Jaime a sí mismo, *no lucía como un oficial de la migra ni como un pandillero.*

—Gracias —contestó Ángela—. ¿Tienen espacio para nosotros?

El cura inhaló del cigarrillo y se rió.

—Siempre hay espacio para los hijos de Dios si no les importa estar un poco apretados. ¿Tú, chico, quieres dormir con los hombres o te quieres quedar con tu hermana y las mujeres y los niños?

Estaba demasiado cansado para pensar y solamente se encogió de hombros. Por supuesto que él no se quería quedar con los niños pequeños pero tampoco había dormido nunca sin tener un familiar en la misma habitación o un primo en la hamaca de al lado.

—Nos vamos a quedar juntos —contestó Ángela por él.

El padre Kevin aspiró fuertemente de su cigarrillo antes de dárselo a uno de sus compañeros. Los llevó al interior de la iglesia, que era solamente una habitación grande con los bancos amontonados a un lado. Con la luz de la luna que entraba por la ventana Jaime pudo ver bultos que estaban acurrucados en el piso.

—Si necesitan usar el baño, el río está a menos de doscientos metros. La plomería de la iglesia está tupida pero hay una vasija con agua a través de esa puerta —dijo el padre Kevin en voz baja mientras les enseñaba las acomodaciones de la primera noche.

Les entregó dos mantas raídas y les señaló un espacio que estaba libre al lado de una pared. Ángela colocó una manta sobre el piso de tierra. Se quitaron los zapatos y se acostaron usando las mochilas como almohadas y tapándose con la otra manta.

Veinticuatro horas y quinientos kilómetros atrás los padres de Jaime lo habían despertado en medio de la noche. Ahora, mientras estaba acostado al lado de su prima en el piso de tierra duro de una iglesia que se estaba derrumbando y que pertenecía a un cura extraño, Jaime respiró profundamente. Antes de terminar de exhalar ya se había quedado dormido.

CAPÍTULO OCHO

Los rayos del sol entraron por las ventanas sin cristales levantándolos más temprano de lo que les hubiera gustado. Pero aunque no hubieran sido los rayos del sol, las personas moviéndose a su alrededor y los bebés llorando los hubieran despertado. Jaime parpadeó antes de que sus ojos pudieran enfocar y de que su mente pudiera registrar como lucía la iglesia.

Pensar que se podía comparar con la iglesia de Tapachula sería como pensar que una piedra era como un arcoíris. Las dos iglesias no tenían nada en común. Esta tenía un tragaluz «natural» donde el techo se había hundido, no tenía ningunas imágenes y el crucifijo eran dos ramas atadas haciendo una cruz. Faltaban pedazos de la pared de piedra, y los pedacitos hechos polvo de la pared de al lado de ellos se habían adherido a la manta raída. Pedazos de tela estaban cosidos juntos en el centro de la iglesia para separarlos del área de los hombres. En la humedad pegajosa, el olor de los cuerpos se mezclaba con el de los pañales sucios y el olor del río contaminado. Cuando Jaime levantó sus zapatos una cucaracha negra salió volando de entre los cordones y se fué a buscar otro lugar donde esconderse.

Y entonces estaban las personas. Habían aproximadamente cincuenta mujeres y niños amontonados en la mitad de la iglesia, lo cual la hacía caliente y sofocante a pesar de la brisa que corría. Del otro lado de la cortina debía de haber aproximadamente la misma cantidad de hombres, o quizás más.

—¿Vos creés que todos los que están aquí van para El Norte? —Jaime le preguntó a Ángela mientras sacudía sus zapatos antes de ponérselos.

—Me imagino —Ángela miró a su alrededor a las mujeres y los niños que se estaban despertando—. Las pandillas como los Alfas están en todo Centroamérica.

Jaime se quedó pensando. Si en esta iglesia pequeña en este pueblo había alrededor de cien personas, ¿cuántos otros inmigrantes no habrían en otros centros de refugiados de México? Debe de haber miles o quizás alrededor de diez mil personas tratando de llegar a El Norte todos los días. Tenía que haber algún error, quizás Jaime lo sumó mal. Miguel era el que era bueno en matemáticas. Pero su lógica tenía sentido.

—¿Si solamente la mitad de las personas logran cruzar la frontera como puede un país acoger a tanta gente?

Ángela se humedeció los labios como si no quisiera pensar en eso.

—Es por eso que están construyendo un muro. Yo vi una fotografía en la cual la cerca llegaba hasta el océano. Dicen que es para mantener al país seguro. En realidad es para mantener a nosotros fuera.

Jaime se acordaba de un par de fotografías que Tomás había mandado del rancho donde trabajaba. Había pastos y montañas sin ningún edificio a la vista. Tan diferente de su pueblo donde las casas estaban apiñadas unas junto a las otras con árboles de plátanos creciendo como hierba mala entre ellas. Es verdad que El Norte es enorme y que había muchos espacios libres. ¿Pero cuánto tiempo iba a pasar antes de que estuviera todo poblado, especialmente cuando venían miles de personas por día? Él sabía que no eran bienvenidos, que no los querían allá. Él esperaba que aún quedara espacio en el mundo para él y su familia.

Jaime siguió a su prima a través de la vegetación tropical hasta el río donde se turnaron para vigilar antes de regresar a la iglesia.

—¿Mangos o tamales? —Ángela buscó en la bolsa de la comida—. Aún tenemos algunas tortillas y un poquito de queso.

Si abuela hubiera empaquetado el desayuno que había

preparado ayer lo hubieran disfrutado mucho más ahora. El estómago de Jaime hizo ruido al acordarse de su casa.

—Tortilla con mango, y debemos terminar el queso.

Una muchacha como de la edad de Ángela con una bebé sujeta contra su pecho y una bolsa hecha de hierba colgando de su hombro los observaba mientras doblaba su manta raída.

—La iglesia nos da comida —ella hablaba con un acento que implicaba que el español no era su lengua materna. No parecía maya, quizás era india xinca o pipil.

Ángela sonrió y saludó a la bebé con la mano.

—Gracias pero ya nosotros estamos agradecidos por el refugio. No debemos recibir nada si ya tenemos.

La bebé extendió sus brazos hacia Ángela. La mamá titubeó antes de pasársela.

—Guarden lo que tienen y vayan a la mesa a comer. Mañana todos podemos estar muertos de hambre.

Jaime y Ángela se miraron. La muchacha estaba en lo cierto. Solo tenían comida para uno o dos días, ¿y después qué? Si podían montarse en el tren hoy, podían aún demorar una semana o más antes de que pudieran llegar hasta donde estaba Tomás.

—Tenés razón —Ángela habló con la muchacha de forma coloquial como lo haría con una amiga y no como había hablado con el guardia en el autobús—. Comeremos lo que Dios provee.

Jaime recordaba a su primo Quico con su barriga regordeta y sus mejillas que se tornaban en una sonrisa cuando le hacías cosquillas. Lo comparó con esta bebé frágil y pequeña. Ángela la meció en sus brazos antes de pasársela a su madre.

La muchacha apretó a su bebé contra ella. Ambas sonrieron mientras la muchacha escondía su cara en la pequeña barriga de la bebé. Colocó a la bebé en unos trapos que la sostenían contra su pecho.

—Es mejor que cojan su comida y sus otras pertenencias. Aquí a las cosas le salen patas cuando no las están mirando.

—Gracias —Jaime apretó su mochila contra el pecho. Si algo le pasaba a su cuaderno...

La muchacha giró en redondo para darle una última ojeada al lugar donde había dormido. La manta que había usado estaba doblada en una esquina.

—¿Te vas ahora? —Ángela frunció el ceño.

—Su padre —la muchacha miró a su bebé con tristeza— trató de quitármela. No puedo dejar que nos encuentre.

Jaime notó los moretones en los brazos de la muchacha, la cortada que tenía casi tapada por el pelo, los pies envueltos en pedazos de tela en vez de zapatos. Aunque no se parecía en nada a ellos no era difícil imaginarla como Ángela. Si pudieran ayudarla él lo haría.

De su bolsa de comida Ángela sacó un tamal que hizo abuela envuelto en hojas de plátanos y un mango que había crecido detrás de la casa de Jaime y se los dio a la muchacha con la bebé.

—Para mañana.

Los primos doblaron sus mantas y se las entregaron a una viejita que las amontonaba una encima de la otra antes de salir.

Una mujer gruñona con trenzas gruesas y oscuras servía el desayuno en una mesa larga debajo de los árboles cerca del río. Su mirada brusca evitaba que nadie quisiera repetir. Aunque nadie hubiera repetido. El desayuno consistía en un cereal grumoso de harina de maíz y unos frijoles colorados aguados. No sabían a nada.

—Echo de menos lo que abuela cocinaba —Jaime comentó entre dientes mientras Ángela hizo una mueca y sonido que indicaba que estaba de acuerdo.

Si estuvieran en casa tendrían plátanos machos fritos, pan dulce y salchichas. Aún cuando el dinero estaba escaso siempre tenían huevos de sus gallinas, frutas de los árboles y gran cantidad de sabrosos frijoles negros.

Jaime comió varios bocados mientras se imaginaba que la comida tenía sal, azúcar o manteca. Algo para que no estuviera tan insípida. Cuando el plato plástico quedó vacío, supo que abuela estaría satisfecha con él. Sabía que aquellos que eran melindrosos con la comida no sobrevivían el viaje.

Alrededor de cien personas estaban desayunando debajo de unos árboles de aguacate sin fruta alguna. Hombres en diferentes etapas de cansancio. Las mujeres estaban agrupadas juntas manteniendo las cabezas bajas y tratando de no llamar la atención. Varios niños y adolescentes estaban en la mayoría solos. Algunas personas estaban descalzas, otras tenían golpes en las caras y otras lucían como si sus almas hubieran dejado sus cuerpos y solo quedara un cadáver que funcionaba de memoria.

Jaime, recostado contra un árbol de aguacate, cerró sus ojos y dijo una oración dando las gracias. Tenía (cruzó los dedos) a Ángela, comida, dinero y salud. En comparación con los otros que estaban agrupados alrededor de esta iglesia en ruinas, él y Ángela podían estar en peores condiciones.

Muy alegre y animado para ser tan temprano en la mañana, el padre Kevin caminaba entre los viajeros preguntándoles cómo habían pasado la noche y si necesitaban algo. Cuando un adolescente con una gorra dijo que él necesitaba café con leche, huevos y tocino el padre Kevin juntó las manos en una oración y le recordó que milagros más grandes habían sucedido.

El cura llegó hasta donde estaban Ángela y Jaime con una sonrisa. Él debía de haber dormido menos que ellos pero aún así estaba alerta, recién afeitado y con unos pantalones cortos rosados y una camiseta con el retrato de Jesús que decía en inglés «*Who's your daddy?*».

—Pero si son mis chapines de medianoche —dijo usando la palabra coloquial que se usaba para los guatemaltecos y saludando a cada uno con un beso—. ¿Cómo durmieron en mi lujosa casa de Dios? —Alzó los brazos con orgullo como queriendo abrazar su iglesia en ruinas.

—Muy bien, gracias —dijo Ángela terminando de comer—. Le agradecemos que nos haya permitido quedarnos aquí.

El padre Kevin miró al cielo azúl grisáceo con tranquilidad como si Ángela le estuviera dando las gracias a la persona equivocada.

—Por supuesto. ¿Cuánto tiempo voy a tener el placer de la compañía de ustedes? Se pueden quedar todo el tiempo que quieran.

Jaime y Ángela se miraron. Esa parte del plan era incierta. Anoche el padre Kevin había dicho que siempre había espacio, pero quizás él no era bueno en matemáticas y no se daba cuenta de lo llena que ya estaba la iglesia.

—Necesitamos ponernos en contacto con un hombre al que le dicen El Gordo —dijo Ángela—. ¿Sabe dónde lo podemos encontrar?

La sonrisa del padre Kevin cambió a una mueca mientras observaba al grupo de personas.

—Ustedes no lo pueden encontrar. Él los encontrará a ustedes.

—¿Él sabe que estamos aquí? —preguntó Jaime. El hecho de que lo estuvieran espiando lo hizo ponerse nervioso y miró hacia los arbustos que estaban detrás de él por si acaso.

—Él vendrá el día antes de que salga el tren —el padre Kevin de pronto parecía cansado—. ¿Ustedes ya le han pagado?

Ángela asintió.

—Nuestros padres hicieron los arreglos.

Jaime tocó la cintura de su pantalón sin pensar en lo que estaba haciendo. Cuando se dio cuenta se sintió culpable. El dinero, el sacrificio que sus padres y los padres de Ángela habían hecho para tener todo listo en unos pocos días. Solo para que ellos estuvieran seguros. *Nos dieron todo lo que tenían. Y mucho más.* Jaime volvió a rezar. Esta vez era por su familia y les envió su amor dándoles las gracias. Esperaba que su sacrificio no fuera en vano.

Que él no fuera a terminar como Miguel.

—Um, bueno, pues entonces ya está —el padre Kevin parecía que deseaba decir algo más sobre El Gordo pero en vez de decirlo se fue a saludar a otro grupo de personas.

—Un momento —Ángela se levantó—. ¿Cuándo es el próximo tren? ¿Cuándo vendrá El Gordo?

La cara del padre Kevin se torció como si su cerebro estuviera luchando con su boca.

—El próximo tren es en dos días. Así que él estará aquí mañana en la tarde. Estén seguros de estar aquí para que no pierdan su dinero —había perdido su aspecto alegre y animado cuando fue a saludar a las otras personas.

—¿Qué vamos a hacer hoy? —preguntó Jaime mientras ponían sus platos plásticos de colores sobre la mesa.

Ángela miró a su alrededor como si ella también temiera que los estuvieran observando desde los arbustos.

—No lo sé. No sé cuán seguro es este lugar. Acordate de lo que estaba escrito al frente de la estación de bus. Pero tampoco deseo quedarme sin hacer nada.

Bien, él no deseaba caminar por el pueblo tampoco. Después de todo, a Miguel lo habían matado de día en el pueblo donde habían vivido toda su vida. No se sabía lo que podía pasar en este pueblo desconocido.

Antes de que Jaime pudiera hacer una sugerencia como pintar en su cuaderno, hacerse preguntas sobre películas o caminar entre los arbustos que estaban a orillas del río en busca de unas piedras redondas para jugar canicas, la mujer gruñona les arrebató los platos de las manos.

—Ustedes pueden ayudar. Eso es lo que pueden hacer. Esto no es un hotel. Las cosas aquí no se hacen solas.

—Claro que no —respondió Ángela sintiéndose sorprendida y ofendida. En casa todos ayudaban como podían. Es lo que las familias hacían.

—Bueno, pues —la voz de la mujer se suavizó cuando

vio que ellos ni se quejaron ni discutieron. Jaime se preguntó si la mayoría de las personas ahí no les interesaba ayudar ni se ofrecían de voluntarios— El padre Kevin siempre se olvida de mencionarlo cuando camina entre la gente. Él cree que la ayuda debe ser voluntaria y no obligada. Pero entonces yo termino haciéndolo todo yo sola.

Jaime asintió.

—¿En qué podemos ayudar?

—Con los platos, por ejemplo. Y ustedes tres, —ella le gritó a los tres muchachos detrás de ellos que también estaban devolviendo sus platos vacíos— ustedes también van a ayudar con los platos y no quiero encontrarlos robándose nada de la cocina.

Al igual que Jaime y Ángela, a los muchachos no les importaba ayudar a cambio de tener comida y un lugar donde quedarse. O quizás estaban asustados. El menor de los muchachos se estremeció. Esto hizo que la mujer se volviera gruñona como diciendo que ella era la que mandaba y que no se atrevieran a enojarla.

El muchacho más alto parecía conocido con su pelo negro despeinado y su piel oscura, pero Jaime no sabía de dónde. Agarró varios platos sucios del piso y se los llevó para otro edificio de madera que estaba en ruinas y que servía de cocina. Todos lo siguieron sin decir nada. La cocina tenía dos recipientes grandes de metal con cubos debajo del fregadero, una estufa con seis hornillas, pero no había ninguna nevera. Sacos con arroz, frijoles y maíz molido estaban debajo de estantes tambaleantes que tenían platos y vasos. Un enjambre de moscas volaban sobre unos plátanos. Jaime tuvo la sensación de que estaba observando el menú del almuerzo.

Una vez en la cocina, lejos de la mujer gruñona, Jaime y Ángela pusieron sus mochilas en una esquina. El muchacho mayor colocó los platos en uno de los recipientes y se volvió hacia Ángela.

—Hola, Veracruz —dijo.

Ángela se sorprendió. A Jaime le demoró un segundo en darse cuenta de lo que hablaba el muchacho y después le vino. Él había estado en el autobús con ellos ayer sentado al frente y jugando con su teléfono. A diferencia del guardia, él no había creído que ellos venían de ese estado del sur de México.

—Hola, Tapachula —respondió Ángela. Ella tampoco creía que él era de dónde había dicho. Con las pocas palabras que el muchacho había hablado Jaime no podía saber de dónde venía pero estaba seguro de que no era de ningún lugar de México.

—Acaxman —él la corrigió guiñando un ojo verde que resaltaba contra su piel oscura.

Claro, Jaime se había olvidado de que este muchacho había sido el primero que el guardia había interrogado y que se le había hecho más fácil convencer al guardia. Observando al muchacho Jaime comprendió por qué. Tenía el uniforme blanco con collar de una escuela de Tapachula con el emblema sobre el pecho izquierdo y con el nombre en un círculo. Buen disfraz. Jaime se preguntó cuánto había pagado el muchacho para obtener esa camisa.

El muchacho sonrió mostrando sus dientes blancos y perfectos y continuó: —¿Ha estado en Veracruz? Es muy bonito.

Jaime levantó sus cejas. Este muchacho estaba repitiendo lo que Ángela le había dicho al guardia. ¿Qué más sabía de ellos? ¿Debían de preocuparse?

Ángela mantuvo su lugar mientras sus mejillas se sonrojaron: —Me da pena aquellos que vienen de Acaxman.

El muchacho sonrió como si él y Ángela hubieran estado hablando en un idioma secreto que solo ellos entendían.

—Xavi.

—Ángela.

Se saludaron besándose en la mejilla derecha.

El segundo muchacho, bajito y raquítico con unos pelos en la barbilla, se acomodó la gorra antes de besarla a ella también.

—Soy Rafa.

El tercer muchacho era de la edad de Jaime o quizás menor. Su camisa grande y ancha le colgaba como una carpa y le llegaba hasta la mitad de los muslos. Su pelo parecía como si él mismo se lo hubiera cortado. Él mantuvo la distancia. Jaime hubiera hecho lo mismo. Aunque era aceptable recibir besos de las amigas de su mamá era otra cosa besar a chicas de su edad.

El muchacho movió los pies y no levantó la vista del suelo mientras decía su nombre.

—Joaquín.

Jaime se presentó y los cinco comenzaron a trabajar. Fregar platos de cien personas no era tarea fácil. Lavar platos de cien personas sin tener agua corriente y con la plomería tupida era una faena eterna. Traían el agua del río, la esterilizaban con jugo de limón (que había que exprimir) y cuando estaba muy sucia la botaban afuera.

Jaime y Joaquín estaban a cargo de secar los platos y de guardarlos. Jaime se había ofrecido a lavar los platos pero Ángela dijo que ella lo podía hacer más rápido, lo cual era cierto. Los otros dos estaban a cargo de transportar el agua en cubos. Mientras trabajaban empezaron a conocerse mejor. Los otros tres muchachos se habían conocido durante el desayuno de esa mañana.

—Mi madre en Honduras bebe mucho —Rafa contaba la historia de su vida sin que le preguntaran, como si estuviera haciendo alarde—. Nunca tenemos suficiente comida. Como es bonita tiene muchos novios. Tengo diez hermanos y la mayoría de ellos no sabe quién es su verdadero papi. Pero yo sí sé quién es el mío. Sé que está en

Texas. Y lo voy a encontrar. Vamos a engordar, encontrar petróleo y hacernos ricos juntos.

Jaime y Ángela se miraron subiendo las cejas pero no le dijeron nada a Rafa pues consideraban que no debían de arruinarle sus sueños.

—¿Y vos, Xavi? —le preguntó Ángela cuando él llegó con un cubo de agua—. ¿También vas a engordar y volverte rico?

Xavi se rió.

—Yo no necesito engordar y volverme rico para ser feliz. Sólo… —desvió la mirada como si la idea de lo que le hacía feliz fuera dolorosa. Respiró profundamente antes de continuar—. Sólo quiero tener la libertad de tomar mis propias decisiones y de estar en control de mi futuro. No tenía eso en El Salvador.

—Nosotros tampoco —asintió Ángela. Jaime estaba de acuerdo. Si se hubieran unido a los Alfas ellos jamás hubieran estado en control de sus vidas. No hubieran tenido el futuro que deseaban. Al igual que Xavi, mantuvieron vaga su historia, sin detalles. No mencionaron a Miguel. Era más seguro así pues los detalles podrían causarles problemas.

Lo único que salió de Joaquín era que él era de Honduras también pero de otra región que Rafa.

Cuando habían casi terminado Xavi sacó el agua sucia para botarla. Los músculos de sus brazos resaltaban en su piel oscura. Ángela se acercó a Jaime.

—Haceme un favor —Ángela murmuró mientras miraba afuera a la vegetación que bordeaba la cocina. En la vegetación aplastada que marcaba un trillo hacia el río se podía ver a Rafa que regresaba con el agua no tan sucia del río. Ángela se apresuró a decir: —Cuando Xavi regrese pregúntale cuántos años tiene.

Jaime frunció el ceño: —Preguntáselo vos.

—Yo no quiero —Ángela contestó retorciendo los ojos como si esperara que Jaime se diera cuenta.

—¿Por qué?

Ángela le soltó el brazo y susurró aún más bajito cuando Rafa entró en la cocina derramando agua en el piso: —Hacelo. Por fa...

Jaime retorció los ojos y miró a Joaquín como si este supiera qué era lo que Ángela quería. Pero Joaquín mantuvo su cabeza baja y continuó secando los platos. Jaime creía que él entendía a su prima pero de vez en cuando se volvía rara. Que extrañas eran las muchachas.

Xavi regresó con el recipiente vacío unos minutos más tarde y estiró sus brazos sobre su cabeza haciendo que su espalda crujiera.

—Tu espalda cruje como la de un viejo, Xavi —Jaime bromeó—. ¿Cuántos años tenés?

—A veces me siento como un viejo. Pero solamente tengo diecisiete. ¿Y vos?

—Tengo doce. Estoy muy joven para sentirme como

un viejo —respondió Jaime sonriendo. Lo cual hizo que Xavi y Rafa se rieran.

—Diecisiete también —dijo Rafa volviéndose hacia Ángela—. ¿Y tú, mamacita?

Ángela sacudió la cabeza mirando a Rafa como si estuviera molesta. Y volviéndose hacia Xavi contestó: —Dieciséis.

Jaime tuvo que morderse los labios y enfocarse en el plato que estaba secando. Ya lo creía que tenía dieciséis. En cinco meses.

Todos se viraron hacia Joaquín esperando su respuesta. Quizás era el calor que hacía que el sudor les corriera por la frente, pero Jaime estaba seguro de que Joaquín había enrojecido antes de contestar: —Once.

—¿Once? ¿Y estás solo? ¿De qué clase de problema estás huyendo? —preguntó Rafa.

Joaquín salió de la cocina y cuando regresó aún tenía tres platos en las manos y se puso a lavarlos. Xavi recogió uno de los trapos ya bien mojado que estaban usando y secó los platos que quedaban. Cuando terminó le puso una mano sobre el hombro a Joaquín y le dijo.

—Oye, vos podés viajar conmigo —dijo en voz baja pero los otros lo oyeron— Así nos cuidaremos uno al otro.

Joaquín miró hacia arriba con sus ojos oscuros muy abiertos por la sorpresa o el miedo. Parecía que quería decir que no pero cambió de opinión. Asintió como si estuviera de acuerdo y, agarrando los platos restantes de las manos de Xavi y colocándolos en el estante, salió rápidamente de la cocina.

—Ay, mano. ¿Cómo se te ocurre decir eso? —dijo Rafa en voz baja— No conoces a ese chico. Te va a demorar o a causarte problemas.

Xavi no contestó inmediatamente. Levantó el trapo y lo colocó sobre el grifo y comenzó a barrer el charco de agua que estaba en el piso.

—¿Se acuerdan ustedes de la mujer que estaba en el autobús ayer y que la sacaron a la fuerza? —preguntó.

Rafa no había estado en el autobús pero Jaime y Ángela asintieron. ¿Cómo se les iba a olvidar? La forma en que la arrastraron y la tiraron contra la tierra como si no tuviera derecho a buscar una vida mejor.

—Yo la reconocí —dijo Xavi recostándose contra el palo de la escoba—. Era del pueblo más cercano a nosotros. Yo vivía con mi abuela que es la curandera. La mujer del autobús vino una noche con un ojo morado y el labio hinchado. Pero más que buscar algo para sus heridas ella deseaba que mi abuela rompiera la maldición que hacía que su marido la golpeara. Mi abuela respondió que la maldición era muy fuerte y que lo mejor era que la mujer dejara a su marido. No me di cuenta que era ella hasta que la arrastraron fuera del autobús. No sé si fue bueno o malo que ella tampoco me reconociera —Xavi puso la escoba en su lugar y comenzó a organizar los platos en las tablillas que Jaime había amontonado con sus propios colores.

—No podías haberla ayudado —dijo Ángela suavemente. Estiró una mano pero la dejó caer antes de ponerla sobre el hombro de él— Si hubieras tratado de detenerlos te hubieran sacado a vos también.

Xavi se volteó. Sus ojos verdes se habían oscurecido y empequeñecido.

—¿Te hubieras quedado vos sentada si hubieran deportado a Jaime?

—Claro que no —respondió molesta por él haber sugerido semejante cosa— Somos familia.

—Y esa mujer dejó a su familia por culpa de la mía. Esos guardias probablemente la traten peor de lo que la trataba su marido.

Jaime también hubiera deseado ayudarla pero no si esto iba a hacer que él y Ángela se metieran en problemas. ¿En qué punto deja uno de ayudar a los demás? Él y Ángela se habían criado juntos. Su mamá había cuidado a Ángela y a Miguel mientras su tía trabajaba. Habían crecido como hermanos. Él pensaba que quizás ayudaría a algún miembro de su familia, pero ¿qué había de un familiar que él no conocía o de un amigo? ¿Dónde trazaría la línea entre los que él ayudaría y los que dejaría que abusaran de ellos o los deportaran?

—Pero ellos solo dijeron que la iban a mandar de

vuelta a Guatemala. Ella puede regresar a México e intentar el viaje de nuevo —dijo Jaime tratando de buscar una solución optimista a una situación muy difícil.

—Si ella tiene el ánimo o el dinero —Xavi les recordó—. ¿Lo tratarías vos?

—Nuestro hogar no es un lugar seguro para nosotros —respondió Ángela con tristeza.

—Pero tampoco lo es este viaje —Xavi se volvió hacia Rafa como retándolo a que volviera a cuestionar sus motivos—. Por eso Joaquín viene conmigo.

CAPÍTULO NUEVE

Pasaron el resto del día con Xavi, Rafa, Joaquín y otros muchachos enfrente de la iglesia jugando fútbol con una pelota medio desinflada. La calle terminaba en la iglesia y las personas que vivían en esa calle nunca le prestaron atención a lo que pasaba al frente de la iglesia. El padre Kevin les aseguró que la iglesia era un sitio seguro pues ni la migra ni ninguna pandilla se iba a acercar. César, un muchacho nicaragüense dijo que era segura porque El Gordo controlaba el área y le convenía mantener a los inmigrantes seguros.

Mientras más oía hablar Jaime de El Gordo menos le gustaba.

Jaime no estaba seguro de si le gustaba Rafa tampoco pues hablaba demasiado y tenía ideas que no eran realistas sobre el futuro. Seguían sin saber nada de Joaquín excepto que no sabía nadar y que no quiso refrescarse en el río con los otros muchachos cuando había mucho calor. ¿Y Xavi? Xavi era lo que él se imaginaba y esperaba que fuera Tomás.

Xavi no había dicho hacia dónde en El Norte se dirigía pero Jaime esperaba que pudieran viajar juntos por un rato. Él sabía que Ángela estaría de acuerdo y además era más seguro si eran varios los que viajaban juntos.

Cuando se hizo de noche Rafa trató de convencerlos de que fueran con él a una pelea de perros a unos kilómetros de distancia siguiendo el río.

—Tengo cien pesos que voy a apostar en este perro que de seguro va a ganar. Si juntamos toda nuestra plata podemos tener nuestro propio coyote. ¿Qué tú crees, mamacita?

Ángela sacudió su cabeza frunciendo la nariz: —De ninguna manera. Detesto a los perros.

—Además —dijo Jaime— esas peleas son muy crueles —claro que él nunca había ido pero no era necesario para saber lo sangrientas y horripilantes que eran esas peleas.

Rafa se rio.

—Nah, son divertidas.

—Si yo deseara ver a los animales destrozándose uno al otro me hubiera quedado en casa —dijo Xavi. No dijo más pero Jaime sabía que él no se refería a animales de cuatro patas.

Joaquín no dijo nada pero se pegó a Ángela como si

la idea de una pelea de perros lo asustara también.

—Bueno. Búsquenme por Internet si logran cruzar la frontera —Rafa se despidió y se fue con otros hombres que también buscaban fortuna a expensas de los dientes afilados de los perros.

Los cuatro se quedaron en la iglesia donde unos hombres mayores habían hecho una fogata al lado del río. Al teléfono de Xavi no le quedaban minutos para hacer llamadas pero él lo había cargado usando el tomacorriente exterior de unos vecinos y así podían escuchar la gran selección de música que él tenía: pop, salsa, rock y hasta algunas canciones en inglés. Xavi y otros muchachos comenzaron a presumir con movimientos que combinaban *breaking* y *parkour*. Por lo menos dos insectos le entraron en la boca a Jaime mientras observaba con admiración como Xavi bailaba y hacía acrobacias. Con la luz de la fogata Jaime lo dibujó sosteniendo todo su peso con un solo brazo mientras su cuerpo estaba paralelo a la tierra como una estrella.

En un momento de valentía Joaquín salió de entre las sombras y dio varias volteretas sin parar. Jaime dibujó esto también pero decidió que necesitaba mejor luz para hacer el dibujo que tenía en mente: un círculo humano borroso.

Hasta Ángela se unió con unos movimientos de baile inventados. Durante unos minutos parecía como si ella y Xavi tuvieron una conversación con sus bailes, uno bailaba y el otro le respondía. Jaime dibujó esto también. Xavi mirando intensamente a Ángela con sus manos en la tierra como si estuviera haciendo una lagartija pero con sus piernas hacia el cielo como si fueran la cola de un escorpión mientras Ángela sacudía su dedo «no» aunque tenía una gran sonrisa en la cara.

Era tarde cuando los muchachos caminaron los pocos metros hacia la iglesia. Los hombres mayores se habían emborrachado y se habían puesto aún más ruidosos cuando el padre Kevin les puso freno y les dijo que de ninguna manera podían dormir en la iglesia en esas condiciones.

—¿Te vas a quedar aquí, Joaquín? —preguntó Jaime señalando a la sección de la iglesia donde dormían las mujeres y los niños—. Podés poner tu manta al lado de la de nosotros.

—No soy una niña —contestó Joaquín rápidamente. Era lo más que había hablado de golpe en todo el día.

Jaime bostezó. Apenas podía mantener los ojos abiertos.

—Yo tampoco. Pero aún somos niños así que está bien.

Joaquín miraba de Ángela a Xavi como buscando que le dieran permiso.

—Sos bienvenido con nosotros, cariño —le dijo Ángela usando la palabra que usaba con los niños pequeños o con niños con los que quería ser maternal. Era lo que había aprendido de su mamá y de su tía—. Pero si te sentís más cómodo con los hombres, Xavi te puede cuidar.

Una gran risa se oyó a través de los árboles viniendo de la fogata. Joaquín agarró la mano de Ángela.

—Pues con vos.

Jaime recogió tres mantas raídas de las manos de la misma anciana que las había recogido en la mañana mientras Ángela y Xavi se besaban en la mejilla en la forma tradicional de despedida.

—Los veo en la mañana —dijo Xavi dirigiéndose al lado de la iglesia donde dormían los hombres.

Parecía que Jaime se acababa de dormir cuando un brazo pasó por encima de él para despertar a su prima.

—Chapina —susurró el padre Kevin usando el nombre para las guatemaltecas— el chico salvadoreño te necesita.

Jaime, Ángela y Joaquín se incorporaron y por poco le dan un golpe al padre Kevin en la boca. El sol estaba comenzando a salir. Recogieron sus cosas rápidamente. Era la ventaja de dormir vestidos y sin desempacar sus mochilas. Doblaron sus mantas y se las entregaron al padre Kevin, que otra vez estaba muy alegre. Si Jaime no hubiera estado preocupado por Xavi se hubiera molestado con el cura.

Xavi los estaba esperando debajo de los árboles junto a las brasas de la fogata de la noche anterior. Los borrachos de anoche habían desaparecido.

En sus brazos Xavi aguantaba una masa mojada y sangrienta.

—¿Qué es eso? —preguntó Jaime mientras se

apresuraba a acercarse. Era imposible saber de dónde venía la sangre, de Xavi o de la cosa que él sostenía.

—Una perra.

Ángela retrocedió.

Xavi continuó: —Creo que la usaron como carnada en la pelea de perros anoche y la tiraron al río cuando terminaron. La encontré entre los arbustos. Pobrecita, apenas está respirando.

Ángela hizo una mueca torcida con la boca como para decir algo pero no estaba segura de lo que iba a decir.

—¿Qué querés que hagamos nosotros?

—Agua —Xavi respiró profundamente—. Y unos limones para desinfectar las heridas.

Sin pronunciar palabra Joaquín salió corriendo entre la maleza para buscar las cosas que se necesitaban de la cocina. Cuando regresó, Xavi se sentó sobre una roca cerca de la fogata con la perra sobre sus piernas y comenzó con mucho cuidado a echarle agua por encima. La forma peluda se retorció pero no salió huyendo, o no pudo. La camisa blanca del uniforme de Xavi se empapó y cambió a rosada con la sangre.

Jaime pudo ver que era un milagro que la perra estuviera viva. Le habían arrancado una oreja y tenía mordidas que le sangraban por todo el cuerpo. Pero lo peor era la tremenda herida que tenía en el costado.

¿Cómo era posible que Rafa pensara que era divertido ver

una pelea de perros? Por un segundo Jaime pensó en Miguel y cómo lo habían golpeado hasta que se muriera. Quizás los Alfas pensaron que eso fue divertido. A veces Jaime no entendía a los humanos.

—Mirá, Jaime, ¿la podés sujetar? Quiero ver bien cómo está.

Jaime estiró los brazos para recibir la forma peluda pero Ángela lo detuvo.

—Espera, quitate la camisa primero.

Muy acertado pues solamente tenía una camisa más. Le dio la camisa a Ángela, que la dobló, y recibió la forma blanca y marrón que estaba empapada y sangrienta que Xavi le pasó.

La perra tembló en sus brazos pero no hizo más nada. Al tenerla contra su pecho Jaime podía sentir el intenso calor del cuerpo de ella como si tuviera fiebre. Pero eso era bueno, ¿no? Significaba que estaba luchando por vivir, ¿verdad?

Los latidos de los dos corazones iban a mil kilómetros por minuto a tal punto que Jaime no sabía a quién pertenecían.

Xavi la chequeó y cuando tocó la piel alrededor de la herida por el estómago ella soltó un gemido.

—¿La podés salvar? —preguntó Joaquín con un chillido que imitaba los gemidos de la perra.

Xavi miró a Ángela, que se mantenía a cierta distancia de ellos como si su función fuera solo hacer guardia.

—¿Por casualidad tenés hilo y aguja?

Ángela se puso las manos en las caderas.

—¿Qué? ¿Piensas porque soy mujer ando con cosas de coser? —pero comenzó a buscar en el bolsillo delantero de su mochila. *Claro,* pensó Jaime. Tía era una costurera y le había enseñado a toda la familia, incluyendo a los hombres, a coser. Jaime pensó que él debía de haber empaquetado algo práctico como aguja e hilo para coser. O su mamá debía de haber pensado en eso también.

—Yo no sé lo que estoy haciendo —dijo Xavi para sí mismo mientras sostenía un pedazo de cartón que aguantaba tres agujas de diferentes tamaños, un carretel de hilo azul y unas tijeras pequeñas—. Fueron pocos los pacientes que venían a ver a mi abuela para que le diera puntos y yo no sé cómo coser. He matado cerdos pero esto es lo opuesto, ¿no?

—Yo puedo coser —dijo Jaime.

—Yo también —susurró Joaquín.

Xavi asintió y le dio a Joaquín el hilo y la aguja. Tuvo que tratar tres veces antes de poder ensartar la aguja más grande. Se agachó al lado de Xavi y Jaime, que sostenía a la perra mientras Xavi sujetaba los pedazos de la herida. La perra gimió otra vez y la mano de Joaquín temblaba mientras se acercaba a la piel de la perra con la aguja. Malamente había tocado la herida cuando la perra soltó un fuerte chillido haciendo que Joaquín se alejara de ella.

—¡No lo puedo hacer! —lloró Joaquín—. No la quiero lastimar.

Jaime se mordió los labios. Él estaba de acuerdo con Joaquín. Él tampoco quería lastimarla. Pero no la podían dejar así. La tenían que salvar. O por lo menos intentarlo.

Xavi abrió la boca como para decir algo. Que la perra moriría si no intentaban ayudarla o para decir que Jaime tratara, pero Ángela habló antes.

—Denme la aguja —mordió un limón para romper la cáscara y echó unas gotas del jugo sobre la aguja antes de agacharse—. Hagan lo que tengan que hacer para que no me muerda sino les juro que la ahogo en el río.

Jaime la sujetó de tal manera para que su hocico estuviera entre sus bíceps y sus costillas pero que aún pudiera respirar. La mantuvo contra su pecho con su otro brazo y le indicó con la cabeza a Ángela que podía empezar.

La perra chilló y se movió en cuanto Ángela le dio la primera puntada. Jaime la apretaba contra su pecho y Xavi la mantenía estable sujetando con las manos su barriga. Joaquín dijo una oración a San Francisco, patrón de los animales y de los niños.

Ángela no pestañeó. Introducía y sacaba la aguja como si estuviera reparando unas medias. Jaime estaba seguro de que si él hubiera intentado coser la herida no hubiera podido hacerlo igual que le pasó a Joaquín. Ángela aseguraba cada puntada con un nudo hasta que el costado de la perra no era más que piel y pelo mojado con una línea de diez centímetros de hilo azul.

Con una suavidad que le sorprendió a Jaime, pues después de todo era una perra, Ángela le pasó un trapo mojado por la herida antes de echarle jugo de limón en la costura azul para prevenir una infección. La perra se retorció pero Jaime la tenía bien sujeta entre sus brazos y le decía que todo estaba bien, deseando él también creerlo. Lo que Ángela había hecho era un milagro y así lo veían los otros muchachos.

—Gracias —dijo Xavi en voz baja—. Le salvaste la vida.

—No fue nada —dijo Ángela tratando de evadir los elogios. Se paró, limpiándose las manos con un trapo y más jugo de limón. Cambiaba de posición como si no supiera qué hacer—. ¿Habrán servido ya el desayuno? Tengo mucha hambre.

Dio dos pasos pero paró al ver que los muchachos seguían alrededor de la perra.

—¿Cómo la vamos a llamar? —Jaime no la apretaba fuerte entre sus brazos ahora pero la mantuvo contra su pecho mientras se paraba. Ella ya no gemía por el ardor del jugo de limón pero su respiración seguía entrecortada. Cuando se secara su piel blanca y marrón iba a lucir bonita—. ¿Qué les parece llamarla Pinta?

Las líneas de preocupación en la frente de Xavi se suavizaron mientras respiraba con alivio.

—Estaba pensando llamarla Vida.

—Sí —dijo Joaquín antes de que Xavi terminara de hablar—. Vida.

Junto al pecho desnudo de Jaime el corazón de Vida latió con fuerza como dando su aprobación. Jaime sonrió mientras la abrazaba. Ángela miró hacia abajo con una expresión de tristeza y pena en su cara. Jaime sabía que ella estaba pensando en Miguel al igual que él. Ella respiró profundamente y parpadeó en acuerdo. Los otros dos parecían estar recordando a sus seres queridos que estaban muertos. El chiquitín Joaquín estaba a punto de comenzar a llorar. Entonces se relajó mirando a la perra que se estaba recuperando como una promesa de esperanza. Vida. De verdad era un buen nombre.

Jaime permaneció al lado de Ángela mientras Joaquín y Xavi recogían los trapos y el cubo. Antes de que Jaime pudiera evitarlo, la paciente herida, Vida, sacó la lengüita rosada y le dio un beso a su costurera en la mano.

Ángela retiró la mano rápidamente. Por un segundo Jaime pensó que Ángela le iba a dar un manotazo en el hocico. Pero Ángela le acarició la piel blanca y marrón entre la oreja que le quedaba y el lugar donde debía estar la otra. Vida.

CAPÍTULO DIEZ

En el segundo día de estar en el refugio del padre Kevin, cuando el sol estaba perdiendo su batalla contra la noche, un Mercedes blanco con los vidrios oscuros avanzó por la calle con mucho estruendo y frenó frente a la iglesia en una nube de polvo.

Los jugadores de fútbol abandonaron rápidamente el juego para evitar que los atropellaran. Jaime apretó su mochila contra el pecho y lo mismo hicieron los demás muchachos con sus posesiones. Ángela agarró la mano de Joaquín o quizás fue a la inversa. Xavi cargó a Vida que estaba durmiendo para curar sus heridas mientras ellos jugaban en la calle. Rafa, que no solamente había perdido todo su dinero en la pelea de perros sino que también lo habían golpeado cuando trató de recuperarlo, se haló la gorra cubriéndose la cara. Todos, incluyendo a Vida, observaban mientras se abrieron las puertas del Mercedes.

Del lado del chofer unas manos gruesas se agarraron de la puerta abierta y del techo para sacar un cuerpo demasiado grande del impecable auto deportivo, como un enorme caracol escapando de un caparazón demasiado pequeño. El hedor de colonia cara flotaba del hombre recordándole a Jaime el olor a huevos podridos preservados en alcohol. Casi no se dio cuenta del otro hombre que salía del lado del pasajero tratando de que su presencia pasara inadvertida.

El gigante baboso estaba completamente calvo pero lo compensaba con un enorme bigote negro —parecía que un animal se le había pegado al labio—. Tenía camisa y pantalones blancos de lino con una brillosa faja y zapatos negros. Lo que quedaba del sol se reflejaba en su ropa y su cabeza calva.

Había llegado El Gordo.

—¡Kevin! —gritó a pesar de que el cura había salido de la iglesia en cuanto oyó el rugido del motor.

El padre Kevin caminó hacia el gigante. Ambos hombres eran similares, gordos y calvos, pero el contraste entre ellos era muy marcado. Hoy el cura tenía pantalones cortos con los colores del arcoíris y una camisa verde limón que en seis dibujos enseñaba la evolución del mono al santo. Observándolo de cerca, El Gordo se parecía a la imagen de uno de los dibujo de la camisa del cura, el hombre de las cavernas.

El padre Kevin asintió con la cabeza como dándole a entender a los dos hombres que él no se había olvidado de la cortesía.

—Don Gordo.

El Gordo observó al gentío que había salido de la iglesia y de la maleza a lo largo del río cuando oyeron su llegada. Mientras que ayer había alrededor de cien refugiados quedándose en la iglesia y algunos ya se habían marchado como la muchacha con la bebé, ahora había como ciento cincuenta personas y la mayoría estaban presentes.

— Paren como conejos y nos infestan como parásitos, ¿no es así? —le dijo El Gordo al padre Kevin riendo. El padre Kevin no encontró el chiste gracioso ni tampoco ninguno de los presentes que estaban observando y escuchando todo.

—Bueno —dijo dando palmadas. Era difícil saberlo por el bigote que le cubría parte de la boca, pero a Jaime le pareció que El Gordo estaba sonriendo mientras observaba al gentío como un lobo a punto de devorarlos—. ¿Cuál de ustedes desgraciados se va a montar en el tren mañana temprano?

Jaime y Ángela se miraron de reojo. Ninguno de los dos deseaba llamar la atención hacia ellos y mucho menos hablar con este hombre. Quizás había alguna manera de montarse en el tren sin tener que lidiar con este señor odioso.

Los demás parecían sentir lo mismo pues nadie pronunció ni una palabra aún después de que los estuvieran observando por un minuto. El padre Kevin no dijo nada para alentar a nadie para que hablara. Evitaba mirar a El Gordo mientras murmuraba palabras que podían ser una oración o insultos.

Jaime tembló cuando El Gordo se volvió a reír mientras observaba al gentío.

—Estoy bromeando. Los quiero a todos. Doce de ustedes ya tienen pagado el viaje en tren. Si no me dicen quiénes son, no hay reembolso.

Un hombre con un pañuelo azul levantó la mano despacio y después una mujer con una niña de alrededor de cinco años y un niño como de siete años. Otros titubearon antes de levantar la mano. Jaime tuvo que forzarse y fue peor tener que dar su nombre para que El Gordo lo confirmara con la lista que tenía en su grueso cráneo. Jaime temía que algo fuera a salir mal y así sucedió, pero para otra persona.

El Gordo asintió como si estuviera aburrido cuando Jaime y Ángela le dieron sus nombres. Pero el próximo no tuvo tanta suerte.

—No tengo a ningún González —dijo el contrabandista tratando de cruzar los brazos sobre su pecho, pero sus brazos eran demasiado gordos para hacer la X completa.

El hombre sacudía su cabeza sin control.

—Sí, Octavio González Peña.

—Ni González ni Peña —El Gordo se rascó el bigote. Jaime se imaginó una colonia de pulgas viviendo en el bigote y sabía cómo iba a dibujar a El Gordo más tarde.

El hombre continuaba moviendo la cabeza sin control lo cual hacía que sudara copiosamente.

—Pero mi mujer pagó. Hemos vendido todo lo que teníamos. Le pagó a un hombre llamado Chuy que se lo iba a dar a usted.

El Gordo se encogió de hombros.

—No conozco a ningún Chuy y no lo recibí. Quizás necesita buscarse otra esposa —le guiñó un ojo al padre Kevin, pero este no reaccionó.

—¡Ella sí pagó! ¡Pagó! —La cara del hombre se derrumbó y cayó en la tierra llorando sobre los zapatos brillosos de El Gordo. Tremenda equivocación. Este levantó la pierna y lo pateó en la oreja.

—Necesito cuatro mil pesos para darte pasaje seguro —El Gordo se alejó del hombre histérico y se dirigió a todos los demás—. Sólo cuatro mil pesos. No es mucho por un viaje garantizado en el tren. Si no van a través de mí, la mitad de ustedes no van a sobrevivir el viaje. No con las estaciones de inmigración y las pandillas que controlan las vías del ferrocarril, las cuales están dispuestas a golpearlos o a tirarlos del tren en movimiento.

Un hombre con el pelo enmarañado se acercó cojeando. Dos hombres barrigones que parecían hermanos arrastrando sus pies en la tierra y mirando hacia abajo también avanzaron hacia El Gordo. Sacaron dinero de sus bolsillos, de las medias y de los calzoncillos. El Gordo, con un chasquido de sus dedos, llamó a su secuaz. Hasta ese momento Jaime se había olvidado del otro hombre que ahora contaba los billetes sucios y arrugados antes de indicarle con la cabeza a su jefe que era la cantidad correcta.

Cuando era obvio que más nadie tenía el dinero para el viaje, El Gordo volvió hacia su auto inmaculado.

—Volveremos por aquellos que han pagado o que hayan cambiado de opinión a la una de la madrugada. Al resto de ustedes que se van a enfrentar a La Bestia, les agradezco que sean comida para los buitres.

Riendo nuevamente le hizo una seña a su secuaz, el cual abrió el baúl del auto apretando un botón y sacó de adentro una pata de carne cruda. Jaime esperaba que fuera de cerdo o de res y no algo más siniestro. El secuaz caminó entre los árboles hacia el río y colocó la carne sobre la mesa donde comían.

—Por todas tus dificultades, Kevin —El Gordo señaló la comida con su mano gorda—. Siempre es un placer hacer negocio contigo —una vez más su risa se oyó en toda la calle.

—Pues de acuerdo, Dios le da las gracias —dijo el padre Kevin apretando los labios.

Le tardó varios minutos a El Gordo apretarse dentro del auto para volver a colocarse en el asiento del chofer y él y su secuaz se fueron. Un suspiro de alivio aún más fuerte que la risa satánica de El Gordo se escuchó en la calle que estaba tranquila ahora. Nadie suspiró más alto que el padre Kevin.

La gente regresó a la iglesia o continuó haciendo lo que hacían antes de la llegada de El Gordo. La mujer gruñona de ayer hizo que César y otros muchachos se llevaran la carne a la cocina y le ordenó a varias mujeres que la ayudaran a cocinarla. Jaime y sus amigos parecían que habían decidido que el juego de fútbol con la pelota desinflada se había terminado.

Tres muchachos hondureños que habían estado jugando fútbol con ellos se metieron las manos en los bolsillos.

—Cuatro mil pesos. ¿Quién se cree ese ricachón que es? —dijo Gusti, uno de los mejores jugadores con los que Jaime había jugado.

Sebastián, que había preferido ser el referí a jugar, gruñó: —Te apuesto a que coge el dinero y después le entrega la gente a la migra.

—¿Qué posibilidad hay de conseguir cuatro mil pesos en seis horas? —dijo Omar, que había sido el portero.

—Todas las posibilidades —dijo Gusti sarcásticamente—. Si una bolsa de dinero nos cae del cielo.

Los otros dos muchachos miraron al cielo nublado por unos segundos como preguntándose si había posibilidades aún remotas de que eso sucediera. Mientras caminaban por la calle Omar recogió una botella de cerveza vacía que estaba entre los arbustos. Podían conseguir un par de monedas de cobre por el cristal. A ese paso necesitarían miles de botellas vacías para reunir el dinero que El Gordo quería.

—Nuestros padres pagaron el doble de eso —murmuró Ángela entre dientes. Agarró la mano de Jaime y se dirigió con sus amigos hacia la iglesia. En su mente Jaime estaba calculando cuánto era eso en quetzales guatemaltecos: alrededor de lo que su padre ganaba en tres meses de trabajo. A él le dolía todo el esfuerzo que habían hecho por ellos. Toda su familia había cooperado. Las mujeres para las cuales su mamá trabajaba de seguro le habían prestado dinero. Tomás probablemente había enviado su sueldo. Y les habían cobrado de más. Pero no había nada que pudieran hacer. El Gordo no les iba a dar un reembolso.

—Quizás nos den unos asientos de lujo con aire acondicionado en el tren —bromeó. Él no sabía qué esperar, pues nunca había estado en un tren, pero dudaba de que El Gordo fuera honesto. *Tenemos suerte*, se tuvo que seguir recordando. *Nuestra familia había podido pagarle a El Gordo por nuestro pasaje y quizás por eso estemos más protegidos.*

—No me extraña que sus padres hayan pagado más —

comentó Xavi—. Hay intermediarios y otros que se aprovechan de las circunstancias. Los ignorantes son los que siempre pagan más.

—Nuestros padres no son ignorantes —Jaime respondió defensivamente.

—Me refiero a ignorantes en los gastos de contrabando. Les dijeron un precio y no lo negociaron.

Xavi tenía razón. Ni sus padres ni los de Ángela habían hecho este viaje ni ninguno de su familia. Tomás tenía papeles y contrato de trabajo que le permitía viajar a través de México en autobús sin ningún problema. Sus padres solamente podían hacer lo que otras personas les decían o recomendaran.

Si sus padres no hubieran tenido que pagar tanto dinero. Si él y Ángela se hubieran podido quedar en Guatemala. Él debió de haber sido más amable con Pulguita cuando aún eran amigos. Debió de haber dejado que el muchacho continuará robándole. Él debió de haber impedido que Miguel le dijera a Pulguita que no querían ser más sus amigos.

De cualquier manera que lo mirara, todo caía sobre Jaime y las diversas maneras en las cuales él podría haber evitado que todo esto sucediera.

CAPÍTULO ONCE

Nadie durmió esa noche. Ni tampoco hubo fogata.

Solamente alrededor de quince de las ciento cincuenta personas que estaban en la iglesia iban a usar los servicios de El Gordo. Dentro de la iglesia habían corrido a un costado la sábana que dividía la sección de los hombres de la de las mujeres y los niños, y más de la mitad de las personas recogían sus pertenencias y hacían planes para enfrentarse a la Bestia, también llamado el tren. Había consejos de los veteranos que se habían montado en el tren antes y también de todos aquellos que deseaban dar su opinión.

—No viajen solos —dijo un hombre que había sido deportado dos veces de regreso a Nicaragua.

—No confíen en nadie —dijo una hondureña embarazada mientras se cubría los hombros con un chal.

La mujer gruñona que les servía las comidas dijo: —Es mejor que regresen a sus casas. No van a lograrlo.

Otros, especialmente la gente mayor, estaban de acuerdo. Un hombre añadió: —Si el tren disminuye la velocidad puede ser una parada de inmigración o una trampa.

—Si saltan del tren, no le tengan miedo a caer en la tierra. Les va a doler menos que las ruedas del tren o los disparos de las pandillas —volvió a comentar el hombre de Nicaragua.

César, que jugaba fútbol con ellos y había estado en el tren varias veces, les dijo a todos que el viaje no era tan malo.

—Solo le tienen que dar a las pandillas lo que quieren. No es gran cosa.

Claro que era gran cosa, especialmente si las pandillas querían tu vida.

Pero las opiniones y los consejos no fueron suficiente para que las personas cambiaran de parecer. La mayoría estaba decidida a montarse en la Bestia de todas maneras. No tenían otra opción.

—Yo igual me montaré en el tren —anunció Xavi a su grupo, que estaba sentado al lado del río mientras Vida le pasaba la lengua a un hueso de la carne que El Gordo había traído—. Rafa, Joaquín, ¿ustedes vienen, verdad?

—Por supuesto —respondió Rafa como si no fuera obvio.

Joaquín miraba a Xavi asustado mientras se movía de un pie al otro. Entonces parpadeó de acuerdo.

—¿Ustedes tienen algo de dinero? —preguntó Jaime. Sería mucho mejor si iban con Ángela y con él. Si El Gordo estuviera dispuesto a hacer un trato y aceptar lo que los tres podían costear y ya. Pero Jaime sabía que El Gordo jamás haría ese trato. No después de haber pateado al hombre que insistía que había pagado.

Xavi se pasó una mano por el pelo, lo cual hizo que se le parara como si los pensamientos lo hubieran electrizado.

—Salí de El Salvador con tanta prisa que el poco dinero que tenía fue solamente suficiente para pagar el pasaje de autobús hasta aquí. El uniforme me lo robé de una tendedera de ropa al cruzar la frontera de Guatemala a México. Solamente tengo mi teléfono con el cargador.

Del bolsillo, Joaquín sacó dos monedas lempira de Honduras. El niño las dio vueltas en sus manos como si estuviera estudiando lo que estaba grabado. Jaime no tenía idea de cuál era su valor pero pensaba que sería prácticamente nada. Jaime sabía que Rafa se había jugado el poco dinero que tenía. Dentro de la bolsa de Ángela tenían lo que les quedaba de la comida que habían traído de su casa y unos cuantos pesos para comprar un par de comidas más. Era mejor que nada pero aún así no era justo. Estos muchachos solo tenían la ropa que llevaban puesta.

—¿Cómo van a permanecer en el tren sin dinero? —

Ángela tenía las manos en las caderas. Se parecía tanto a abuela que Jaime se sorprendió. Nadie se atrevía a discutir con abuela.

Xavi no pudo mirarla a los ojos.

—No en el tren sino encima de él.

Jaime recordaba jugar trenes con Miguel cuando eran pequeños. A Miguel le gustaba poner las figuras plásticas sobre el tren y ver cuán rápido él podía mover el tren antes de que las figuras se cayeran. Xavi estaba diciendo que iba a hacer lo mismo pero como una persona viva.

Ángela sacudió la cabeza. —No lo hagás. Es muy peligroso.

—¿Pero cuál es la alternativa? —Xavi caminaba para adelante y para atrás con los brazos cruzados sobre su pecho—. Si caminamos o pedimos aventón, tarde o temprano nos van a atrapar. Este viaje es peligroso. La mayoría de las personas tienen que intentarlo varias veces. Para César esta es la sexta vez. Ninguno de nosotros puede regresar a nuestro país. Tampoco vamos a quedarnos aquí lavando platos para el padre Kevin por el resto de nuestras vidas.

—Pero pueden lavar platos para otras personas hasta reunir el dinero para poder montarse adentro del tren —Ángela sugirió.

Rafa se rió mientras ponía su brazo sobre los hombros de Ángela.

—Nos demoraría muchísimo tiempo. Yo no quiero trabajar tan duro. ¿Además quién nos daría trabajo cuando vimos la mitad de nuestro equipo de fútbol buscando trabajo para pagar su viaje al norte?

Ángela se quitó el brazo que Rafa tenía sobre sus hombros y lo miró con reproche antes de dirigirse a Xavi.

—¿Y si te pasa algo?

Él no la miró.

—Siempre pasan cosas.

—Claro, si estás buscando problemas —ella contestó secamente.

—Vos no sos su mamá —Jaime le susurró a su prima. Él tampoco quería que nada le pasara a estos muchachos pero comprendía que lo que ellos hicieran era su decisión.

—No te preocupes por nosotros. Va a ser divertido —dijo Rafa. *¿Divertido?* pensó Jaime. Claro que sí. Este muchacho tiene una idea torcida de lo que es divertido. Pero, Jaime se imaginó, si sus vidas no estuvieran en riesgo, un viaje en tren a través del país sería divertido. Atravesando grandes ciudades y pueblos pequeños con el conductor con su sombrero de rayas tocando la bocina, y Jaime tomando prestado un pedazo de carbón para dibujar todo lo que viera. Sí sería divertido si fuera realista. Quizás el no pensar en la realidad era lo que hacía que Rafa se mantuviera optimista.

—¿Qué van a hacer si la migra los atrapa? —preguntó

Ángela, como si no supiera que ellos no tenían respuestas válidas.

—Déjalo —dijo Jaime lo suficientemente alto como para que todos lo oyeran aunque nadie ni hizo caso.

Xavi señaló la camisa de la escuela mexicana que indicaba que él era un alumno. El oficial de la migra en el autobús había aceptado este disfraz. Excepto que ahora estaba manchado de tierra y de la sangre de Vida.

—Me ha servido hasta ahora.

Rafa sacó una carta de su bolsillo y se la enseñó a Ángela y a Xavi. Como siempre, él ofreció información sin que nadie le preguntara.

—Me la mandé a mí mismo usando una dirección de aquí en Arriaga. La carta contiene una súplica de mi «abuelita» que vive al norte para que la vaya a visitar antes de que abuelo muera. De esta manera, si la migra trata de deportarme, yo tengo esta carta con mi supuesta dirección de México y con fecha de hace varias semanas. Ellos pensarán que soy del sur de México y por eso tengo acento.

Jaime y Joaquín se miraron y después miraron a los muchachos mayores sin saber qué decir. Fue Xavi quien después de mirar la carta comentó: —Excepto que esta carta supuestamente vino del noreste, del estado de Coahuila donde supuestamente viven tus «abuelos», pero tiene el matasellos de Arriaga —Xavi dobló la carta y la metió en el sobre antes de devolverla a su dueño. Rafa, desilusionado, abrió la boca al darse cuenta de que su plan no era tan bueno como pensaba.

—¿Tenés alguna manera de evitar que te deporten? —le preguntó Jaime a Joaquín. El niño parecía tan inocente e inofensivo que Jaime se preguntaba cómo era posible que hubiera llegado hasta aquí solo.

—Puedo cantar el himno mexicano —dijo Joaquín mirando sus zapatos sin darse cuenta de cómo los otros lo miraban con sorpresa. En parte porque era un plan mejor que la carta falsa, en parte porque se sabía la letra, pero principalmente porque se atrevía a cantarlo siendo que él casi ni hablaba.

Ángela abrazó al niño con fuerza antes de agarrar la mano de Xavi y apretarla. —Bueno, los voy a ayudar a que se preparen. Necesitan un plan y otros planes de emergencia en caso de que las cosas salgan mal. Porque van a salir mal.

Ella iba al frente cuando regresaron a la iglesia y se dirigieron a la pared donde había mapas y la localización de lugares seguros para refugiados donde se podían quedar. Jaime se quedó rezagado atrás junto con Xavi, que arrastraba sus pies en el piso de tierra.

—Siento que ella se esté comportando así —murmuró Jaime—. Generalmente no es tan mandona.

La sonrisa en la boca de Xavi era triste y como si tuviera otros pensamientos preocupándolo.

—Es su forma de demostrar que se preocupa por nosotros.

Jaime suponía que sí. Él sabía que a Ángela le gustaba estar a cargo y ocuparse de las personas, en esto se parecía a abuela y a la mamá de él. Pero él nunca la había visto así. Antes de Miguel ella nunca... Quizás era eso. Quizás ella también sentía que debía de haber hecho algo para salvar a Miguel. Quizás ayudando a estos muchachos ellos podían reponer lo de Miguel. Si esto era así, él estaba totalmente de acuerdo en ayudarlos.

Pero no era mucho lo que podían hacer para ayudar a estos muchachos a prepararse. No tenían ni dinero ni comida ni mucho tiempo. Lo mejor que podían hacer era aprenderse de memoria la localización de los lugares de refugio a través de México. Jaime había hecho copias de los mapas en su cuaderno y le había dado una copia a cada uno. También compartieron sugerencias de cómo protegerse. Pero aparte de que «tengan cuidado de que no los atrapen» no había muchas opciones.

Aún así, Ángela estaba tratando de quitarle las manchas de sangre a la camisa del uniforme de Xavi y quiso coser la camisa de Joaquín a la medida para que le sirviera y no le quedara tan ancha. El niño agarró su camisa extra grande y apretó el exceso de tela contra su pecho como si fuera una manta que lo protegía y sacudió su cabeza con violencia que no.

Ángela no insistió pero se volvió hacia Xavi con los ojos húmedos.

—Por favor, cuidá a Joaquín.

—Por supuesto —contestó Xavi respirando profundamente y señaló hacia los árboles que rodeaban el río—. Caminá conmigo un momento.

Los dos se dirigieron hacia el río. Jaime sujetó a Vida para que no los siguiera. Con un poquito de comida y mucha atención Vida había vuelto a vivir. Todavía gemía cuando trataba de caminar, pero por su mirada de alegría cuando estaba al lado de los muchachos Jaime sabía que estaba contenta de estar viva. Jaime la iba a extrañar. Él nunca había tenido una mascota. Los animales en casa no eran para compañía. O producían comida como leche y huevos o eran comida. Pero como él había ayudado a salvar a Vida la consideraba una amiga.

Ángela y Xavi regresaron unos minutos después. Era difícil notarlo en la oscuridad pero a Jaime le parecía que sus rostros estaban enrojecidos. ¿Se habrían besado o alguna otra cosa?

—Mejor irnos ya —dijo Xavi mirando a Ángela, que se había sonrojado.

Jaime abrazó a cada uno de los muchachos mientras Ángela les dio el beso de despedida en la mejilla. Sin embargo, Joaquín pasó los brazos sobre el cuello de Ángela y la besó en la mejilla como haría un niño pequeño con su mamá.

Xavi cargó a Vida y la colocó entre los dos cabestrillos como hamacas que Ángela había cosido de retazos de trapos que el padre Kevin les había regalado. Debido a las heridas que Vida tenía en la barriga, Ángela pensó que era mejor que Xavi tuviera dos cabestrillos, uno en cada hombro, que se cruzaban sobre su pecho y su espalda. Esto permitía que Vida fuera sujetada por delante y por detrás en vez de por el medio. Vida batalló al principio pero se tranquilizó cuando Ángela le acarició la cabeza y su única oreja.

—Cambiamos de tren en Medias Aguas. Si tenemos que esperar mucho tiempo, los veremos ahí —dijo Ángela, repitiendo el plan aunque ya lo habían repasado varias veces—. Si no, los vemos en la casa segura de Lechería.

—Sí —pero era imposible saber si Xavi quería decir sí como algo seguro o si como quizás.

—Tengan mucho cuidado para que no los deporten. Manténganse seguros —dijo Ángela.

Los tres muchachos caminaron de prisa hasta el final de la calle donde se volvieron para decirles adiós antes de desaparecer en la oscuridad de la noche.

Durante varios minutos los primos se quedaron mirando el final de la calle donde habían visto a sus amigos por última vez.

—Te gusta, ¿verdad? —Jaime no tuvo que aclarar a quién se refería.

—Casi no lo conozco —Ángela movía su zapato de atrás para adelante en la tierra de la calle—. Pero, sí.

Jaime respiró profundamente para distraerse de sus pensamientos. Volverse a encontrar con sus amigos en Medias Aguas o más al norte en Lechería era casi imposible.

—Bueno, como el hombre de la casa, te doy mi autorización para que lo veas.

—¿El hombre? —Ángela lo empujó de broma en el hombro—. Ni siquiera tenés bigote.

Jaime se encogió de hombros: —Me puedo pintar uno.

Estuvieron bromeando hasta que los ladridos de un perro les recordó a sus amigos. Ángela instintivamente se agarró del brazo de Jaime y él la acercó y la mantuvo a su lado. Aún habiendo rescatado a Vida no se había olvidado de su fobia con los perros. No le importó a Jaime. Era bueno saber que por lo menos podía reconfortar a su prima de algunas de las situaciones que la asustaban y que la vida le tenía reservada.

CAPÍTULO DOCE

El padre Kevin entregó botellas con agua a todos aquellos que iban a viajar con El Gordo y les advirtió que usaran el baño (o sea el río) antes de irse. Cuando la madre con los dos niños preguntó cómo sería el viaje, el padre miró hacia los niños antes de responder: —No hay baños.

Una mezcla de adrenalina y preocupación invadió el cuerpo de Jaime. Comprendió lo que el padre Kevin no había dicho, lo que hubiera querido decir si los niños no hubiesen estado presentes: el viaje en el tren no iba a ser divertido.

Los nervios hicieron que Jaime fuera al río a orinar dos veces mientras él y Ángela esperaban a El Gordo afuera de la iglesia en medio de la noche. Él nunca había viajado en tren ni tampoco había tenido su vida en manos de un extraño. Pancho, que los había llevado a través de la frontera de Guatemala con México, había estado vendiendo su mercancía en el pueblo varios años antes de que Jaime naciera. Jaime consideraba al viejo como un pariente lejano en quien podía confiar. Pero él definitivamente no confiaba en El Gordo. Primero que nada, ¿cómo iban a saber las pandillas que controlaban el tren o la migra quién había pagado por protección? ¿Iba El Gordo a colgarles del cuello letreros de cartón que dijeran «No golpeen a esta persona, él pagó por protección»? Jaime se paraba en un pie y después en el otro mientras se secaba las manos sudadas en su pantalón. Podía suceder cualquier cosa.

Una docena de personas, la mayoría hombres pero también algunas mujeres y dos niños, esperaron junto con Jaime y Ángela a El Gordo afuera de la iglesia en el camino de tierra donde temprano ese día Jaime y sus amigos habían jugado con una pelota medio desinflada. La madre tenía agarrados fuertemente a sus hijos. Las botellas de agua que el padre Kevin les había entregado eran lo único que tenían, excepto la niña que tenía en sus manos un pedazo de tela rosada que probablemente había sido parte de una manta de bebé. El hombre con el pañuelo que había sido el primero en acercarse a El Gordo caminaba hacia delante y hacia atrás. Los dos hermanos estaban agachados con el pecho sobre las rodillas tratando de dormir. La mitad de las personas lucían tan asustadas y nerviosas como Jaime. Los demás parecían vacíos como si no tuvieran nada más que perder en este mundo.

Si Jaime ignoraba el río turbio, los pedazos de bolsas plásticas que estaban enganchados en la maleza y la basura que estaba tirada, se podía considerar que el área que rodeaba el santuario del padre Kevin era bonita. Él la iba a echar de menos.

—Chapín, ven aquí un momento —la mujer gruñona que estaba a cargo de la comida le hizo señas a Jaime para que se acercara a ella por la cocina al lado de la iglesia.

Jaime miró a Ángela y después a la calle vacía. Estaba dudando si debía ir al río por última vez pero pensó que podía ir rápidamente a donde estaba la mujer. El ruido de cualquier motor que circulara por la calle se iba a poder escuchar enseguida. Salió corriendo hacia donde estaba la mujer pero manteniendo su mirada hacia la calle y Ángela.

—¿Sí?

La mujer gruñona señaló hacia una caja torcida por la humedad que estaba al lado de un saco de frijoles.

—Un misionero donó quinientos lápices. Ni en un millón de años los vamos a usar. Yo te vi dibujando los mapas de los lugares seguros. Tienes talento. ¿Te gustaría llevarte algunos lápices?

—¡Claro! —Los lápices no eran de buena calidad. Jaime sintió cuando los tocó que la madera se iba a astillar cuando les sacara punta, que la punta de plomo se iba a partir con facilidad y que la goma de borrar iba a ensuciar el papel en vez de borrarlo todo. Pero eran gratis y los lápices que él había traído ya se estaban gastando. Le venía bien escoger algunos. Además era la cosa más amable que la mujer gruñona había hecho o dicho.

—¡Gracias! —le dijo dándole un beso rápidamente antes de salir corriendo hacia donde estaba el grupo cuando oyó un vehículo que se acercaba por la calle.

Era una camioneta. Claro que todos ellos no cabían en el Mercedes de El Gordo y Jaime sabía que este no les iba a permitir que se acercaran a su auto lujoso. La camioneta sin ventanas le recordaba aquella en la cual la migra había metido a la mujer del autobús. Excepto que esta era negra y tenía abolladuras en los lados como si algo, o alguien, le hubiera dado de cantazos varias veces. ¿Era esto una trampa? ¿Le habían pagado a El Gordo para que los mandara de regreso a su país? Jaime quería creer que el padre Kevin no hubiera permitido esto, pero por otro lado él había visto que, aunque al cura le desagradaba El Gordo, aún así tenía que trabajar con él. Quizás el padre Kevin sentía que no tenía otra alternativa al igual que Jaime.

El secuaz de El Gordo estaba en el asiento del chofer y se bajó para abrir la puerta de atrás. Ángela respiró profundamente antes de tomarle la mano a Jaime. Siguieron a los otros hasta la parte de atrás de la camioneta. Olía a polvo y a sudor, lo cual por lo menos era mejor que el olor espantoso de la colonia de El Gordo. Bendiciones y oraciones les llegaban de aquellos que se quedaban en la iglesia y que se enfrentarían a la Bestia otro día o quizás nunca. Sus expresiones estaban ansiosas, no envidiosas.

—Que Dios los bendiga.

—Que tengan buen viaje.

—No se den por vencidos.

Y por supuesto las palabras del padre Kevin no eran nada convencionales.

—Jesús los ama. Es a los demás a los que tienen que convencer.

Jaime se llevó la mano de Ángela al pecho al cerrarse la puerta de la camioneta. Otra etapa de su viaje había terminado.

Un banco estrecho estaba clavado a ambos lados de la camioneta. Las personas iban tan apretadas que solamente podían mover las cabezas y las rodillas y chocaban unas contra las otras. Nadie hablaba, ni siquiera el chofer. Durante los primeros minutos Jaime trató de hacerse un dibujo mental de hacia dónde se dirigían, izquierda, derecha, derecha, pero perdió noción de la dirección del camino. No que importara. Él no sabía hacia dónde iban ni tampoco iba a tener la necesidad de regresar donde estaban.

Perdió toda noción del tiempo. Podían haber pasado unos minutos o varias horas. Se veían luces a través del parabrisas pero el hombre sentado al lado de Jaime le bloqueaba la vista. En algún punto el chofer se salió de la calle pavimentada y la camioneta empezó a saltar por baches y piedras. Jaime se agarró de la parte de abajo de su asiento para no caerse. Ángela gritó cuando se golpeó contra los lados de la camioneta. La mujer con los dos niños se cortó la mano con un pedazo de metal que sobresalía por un lado pero lo ignoró para tratar de consolar a sus hijos que lloraban. El chofer frenó de golpe y uno de los hombres en el banco opuesto salió volando del apretado grupo de personas. Casi todos los que estaban de ese lado se cayeron de sus asientos formando un bulto humano en el suelo o derrumbándose encima de los que estaban sentados al frente de ellos.

—Shh —el secuaz de El Gordo pronunció su primer sonido lleno de urgencia mientras se agachaba en el asiento. Jaime se mordió el labio para evitar gritar. Su pie izquierdo estaba torcido y atrapado entre dos personas que estaban en el suelo. La mamá le puso su mano sangrante sobre la boca de su hija y le lanzó una mirada feroz a su hijo para que no gritara. Como si alguien hubiera apretado el botón para enmudecer un televisor, todos en la camioneta negra hicieron silencio. Se mantuvieron en el enjambre de humanos entrelazados durante varios minutos sin atreverse a moverse por miedo a hacer ruido. Cuando Jaime sintió que su tobillo no podía aguantar más el dolor de estar torcido, la puerta de atrás de la camioneta se abrió con cuidado y sin el ruido metálico usual.

El resplandor de un poste de luz lejano iluminó un rostro lleno de cicatrices y con ojos tan hundidos que no se podían ver. Los brazos llenos de tatuajes del muchacho mantenían la puerta de atrás abierta para que no chillara.

—Si valoran su vida van a salir rápidamente, en silencio, y van a evitar ser vistos —dijo en voz baja.

Los pasajeros se despegaron del enjambre humano y salieron de la camioneta en tropel. Jaime y Ángela se agacharon a la sombra de la camioneta. El tobillo de Jaime le dolía con el peso. El muchacho no podía ser mucho mayor que Ángela pero las cicatrices en su rostro parecían indicar que lo habían golpeado varias veces. En la poca luz, Jaime se fijó que el tatuaje de sus brazos eran enredaderas muy apretadas con rosas y espinas. El tatuaje de una pandilla, se imaginaba. El muchacho mantuvo su brazo tatuado cerca de la tierra indicándoles a todos que se mantuvieran agachados.

Jaime observó a su alrededor. Estaban en las vías del ferrocarril con vagones de carga en diferentes vías pero no había ningún vagón de pasajeros. Con la luz distante pudo observar que habían trabajadores llenando los vagones con mercancía. A juzgar por la forma que tenían los sacos que los hombres cargaban sobre sus hombros, Jaime pensó que quizás contenían harina de maíz. Otros mantenían la forma, lo cual indicaba que quizás contenían cemento. Hombres uniformados patrullaban los vagones del tren escudriñando las sombras y mirando debajo de los vagones mientras sostenían sus armas automáticas.

Cuando sus ojos se ajustaron a la luz tenue Jaime observó otros detalles, o mejor dicho, otras personas. Figuras corrían de detrás de un carro hacia otro. Se veían sombras silenciosas encima de algunos de los vagones de carga. Jaime tragó en seco. Los vagones eran mucho más altos de lo que él se imaginaba y el tren iría mucho más rápido que un auto. Caerse de encima de esos vagones no iba a ser un pequeño golpe como les sucedía a los muñecos plásticos con los cuales él y Miguel jugaban. Ahora estaba aún más preocupado. Con cada sombra que veía se preguntaba si serían Xavi, Joaquín y hasta Rafa. ¿Los volvería a ver?

Se ajustó más apretadas las correas de su mochila en sus hombros y sintió el borde de su cuaderno contra su espalda, lo cual le garantizaba que aún estaba ahí. Giró su tobillo adolorido. Aunque todavía le dolía sabía que no le iba a impedir caminar, o correr si así lo necesitara.

De su visión periférica vio a Ángela respirando profundamente. Ella asintió con su cabeza como para garantizarle que todo estaba bien. Él la conocía muy bien y sabía que estaba tan asustada como él, pero hacía de cuenta que todo estaba bien por él. Jaime, a su vez, simulaba que le creía que todo estaba bien.

Un insecto pió suavemente y con eso el muchacho señaló a Ángela, Jaime y a otros dos más. Les hizo señas con su brazo tatuado y salió andando próximo a la tierra como un coyote. Los cuatros corrieron detrás de él a la sombra de un vagón abandonado. Jaime le apretó la mano a Ángela y corrieron juntos hacia el vagón sin techo manteniéndose próximos a la tierra con sus cabezas encogidas entre los hombros como tortugas. De allí el guía tatuado hizo señas para que el próximo grupo de cuatro personas corriera hacia ellos.

Entre las ruedas del tren vieron las piernas de un hombre uniformado que pasó por delante del vagón. Caminaba arrastrando sus botas como si estuviera aburrido y quisiera que su turno terminara. En cualquier momento iba a chequear la parte de atrás y la parte debajo del tren y los iba a ver.

Ángela enganchó su brazo con el de Jaime y lo mantuvo cerca de ella. Si Miguel hubiera estado ahí él hubiera sabido cómo distraer al guardia porque Miguel siempre sabía qué hacer, cómo resolver problemas.

Oyeron el ruido de un fósforo prenderse y enseguida olieron el humo de un cigarrillo. El hombre armado se había olvidado de chequear las sombras del vagón detrás de él. Jaime se preguntó si no sería Miguel el que había causado esta distracción. De solo pensar en su primo lo hacía sentirse más valiente. *Querido Miguel,* rezó como lo había hecho en el autobús, *ayudanos a mantenernos a salvo.*

Su guía no perdió nada de tiempo e hizo que corrieran hacia un tramo abierto hasta las sombras de otro vagón.

Con Jaime unido por el codo a su prima era un poco extraño correr así, como si fueran un par de terneros recién nacidos. Jaime mantuvo sus ojos en la tierra y se repetía mentalmente. *Si yo no los puedo ver, ellos tampoco me pueden ver a mí. Si yo no los puedo ver, ellos tampoco me pueden ver a mí.* Miguel, el científico, se hubiera burlado de Jaime por sus supersticiones. Este era otro pensamiento que lo reconfortaba.

Oyeron a hombres gritando y sonidos de disparos. Jaime y Ángela salieron a toda velocidad, esta vez en sincronización. No fue hasta que estaban seguros y agachados en las sombras de otro vagón y temblando como un recipiente con gelatina que Jaime se dio cuenta de que el disparo venía de otra área de las vías del ferrocarril.

—Adentro —les ordenó el guía para que entraran dentro de un carro de carga atado a muchos otros carros.

La apertura era de aproximadamente medio metro de ancho. Un par de hombres tuvieron que virarse de lado para poder entrar. Ángela empujó a Jaime para que entrara delante de ella. La separación de su prima casi lo hizo gritar por ella. La adrenalina del sonido del disparo hacía que su corazón latiera muy aprisa. ¿Y si se la llevaban de ahí y no la dejaban subirse al tren? Miró alrededor del carro pero la oscuridad no lo dejaba ver nada. Él no sabía qué esperaba del viaje en tren pero nunca se imaginó que iba a ser así. Reprimió el llanto.

Jaime gateó hasta que sintió el cuerpo de otra persona y la esquina de metal del vagón. Con su mochila contra la pared de metal se agarró las piernas mientras miraba la apertura. Una figura que no parecía humana sino más bien la sombra de un monstruo entró. No podía ser Ángela. A menos que el monstruo la hubiera devorado. ¿Dónde estaba ella? Un gemido escapó de él. Había sucedido. Lo que él temía más que la muerte. Estaba totalmente solo y no volvería a ver a su prima.

—Jaime —oyó un susurro.

—Aquí —contestó. Un segundo después la sombra monstruosa chocó contra él. Le agarró la mano y se la llevó a la cara. Olía a mango y a perro—. ¿Sos vos?

—Claro —contestó la voz que él reconocería dondequiera. Él estaba esperando que ella se burlara de él por asustarse y no haber podido estar separado de ella por quince segundos. Pero ella lo abrazó contra su pecho y lo besó en la parte de arriba de la cabeza.

Afuera había muy poca luz pero adentro estaba totalmente oscuro excepto por la apertura que dejaba entrar una luz tenue. Las personas siguieron entrando, muchos más de las que estaban en la camioneta. A veces con varios segundos de intervalos y otras veces con varios minutos. Nadie decía nada a excepción de un «¡ay!» susurrado cuando los pisaban.

Un par de personas empezaron a roncar. Aún con lo

cansado que estaba Jaime continuaba mirando la apertura. Si uno de los hombres armados metía su arma por ahí no había esperanza para ninguno.

Con un fuerte sonido metálico la puerta se cerró. El chillido de una barra de metal contra la puerta trancándolos adentro despertó a los que dormían. Pánico y adrenalina cubrieron el cuerpo de Jaime. Varias personas gritaron. Se apretó contra Ángela. Estaban encerrados en completa oscuridad en un vagón de ferrocarril sin ninguna posibilidad de salir. Eran prisioneros en su afán por escapar en busca de la libertad.

CAPÍTULO TRECE

El tren se sacudía y chillaba mientras salía de la estación del ferrocarril. Aunque no había asientos de los cuales se podían caer, todos chocaban unos contra los otros mientras el tren se ponía en movimiento.

—¡Socorro, auxilio!

—¡Déjennos salir!

Dos personas gritaban y golpeaban la puerta cerrada. Los niños que habían estado en la camioneta con la mamá empezaron a llorar de nuevo.

—Cállense, idiotas. ¿Quieren que nos deporten a todos? —les advirtió una voz baja y profunda que Jaime reconoció como la del hombre del pañuelo. Los niños y otra de las voces se callaron.

El otro hombre continuó con su histeria: —No me

importa. Cualquier cosa es mejor que morirnos aquí encerrados.

El ruido de un cuerpo que golpeó contra la pared de metal sacudió todo el carro. Hubo un gemido y la voz profunda del hombre del pañuelo les advirtió: —Mientras más griten más oxígeno están gastando y más pronto nos vamos a morir. Cállense todos.

Nadie dijo nada pero se oyó un murmullo a través del carro. Ya lo sabía. Esta era la manera en que iban a terminar su viaje. Nada de asientos cómodos en primera clase con aire acondicionado. No estaban mejor que el ganado que transportaban al matadero. Excepto que quizás los carros para ganado tenían más ventilación. Jaime se preguntaba cuánto oxígeno había en el carro, cuánto tiempo les quedaba. Si Miguel estuviera aquí. Él era bueno en las matemáticas y en la ciencia. Él hubiera sabido cuánto tiempo les quedaba.

No que importara, pensó Jaime mientras cambiaba su mochila a una posición más cómoda y se recostaba contra Ángela. El movimiento del tren era suave. Sea que les quedaran diez minutos o diez horas, muerto estás, muerto quedaste.

Jaime se despertó lentamente. La información llegaba a su cerebro poco a poco. Matemáticas. Su cuaderno. El olor a perro. Disparos. Un movimiento que mecía el carro. Muerto.

Por un momento se preguntó si esto era lo que se sentía cuando uno estaba en el cielo. Trató de mirar a su alrededor pero no veía nada. Después abrió los ojos.

El carro de tren estaba oscuro pero no completamente como antes. Ahora podía distinguir montones de personas pero nada que pudiera destacar a unos de los otros. Sabía que Ángela continuaba a su lado pues si se hubiera movido él lo hubiera sentido. Algunos pequeños hoyos donde el metal se había oxidado dejaban entrar el sol en forma de una pelota de discoteca. Una ranura entre el suelo y la puerta de metal dejaba pasar un poquito más de luz. La ventilación que entraba por estos hoyos era mínima y con toda la gente amontonada adentro, la atmósfera era sofocante. El calor que aumentaba dentro del tren lo hacía peor.

Jaime movió su cuello que estaba rígido. Encima de él había uno de los pequeños hoyos de ventilación. Se incorporó hasta arrodillarse para poder ver. Como el hoyo era muy pequeño y el tren iba muy rápido lo único que veía eran diferentes tonalidades de verde y a veces un poco de gris. Al tratar de ver por el hoyo le había dado dolor de cabeza así que llevó su nariz al hoyo para respirar mejor. El poco aire que entraba le dio cosquillas en la nariz y se tuvo que alejar para no estornudar. A su lado el bulto que era Ángela movió su cabeza de un lado para al otro pero no se despertó.

Su estómago crujió pero lo ignoró. Era mejor esperar

a que Ángela se despertara y así podían comer juntos. Por suerte les quedaban un par de tamales y mangos que abuela les había empaquetado.

Se recostó contra la pared de metal y sacó su cuaderno y uno de los lápices buenos que le quedaban. Abrió el cuaderno en la parte de atrás donde él sabía que había páginas en blanco. No podía ver ni el papel ni las rayas que hacía el lápiz. Pero era un experimento para saber hasta dónde llegaban sus habilidades artísticas. Además no había más nada que hacer.

Se imaginaba en su mente lo que cada movimiento del lápiz creaba en la página y a veces doblaba el lápiz boca arriba para borrar lo que él había dibujado o creía que había dibujado. Sólo podía dejarse llevar por lo que tocaba y sentía, y más que nada por lo que adivinaba. Aún así estaba disfrutando del reto de esta nueva forma de dibujar. Hacía que le prestara atención a lo que dibujaba de una manera diferente. Si volvía a ver la luz del sol, le iba a interesar ver cuán abstracto era todo: un grupo de personas apretadas y atrapadas en el interior oscuro de un vagón de tren con solo unas pequeñas bolas de luz como ventilación y señalando el camino.

Estaba añadiendo textura a lo que él creía que eran los bordes de las paredes de metal encima de los bultos amontonados, cuando alguien hizo el primer comentario de la mañana.

—Mamá, tengo que hacer pipí —dijo la niña.

Todos empezaron a moverse despertando a los que aún estaban dormidos. La gente se paró y comenzaron a tocar las paredes como buscando un compartimento que aún nadie había encontrado. Claro, no había nada. El padre Kevin había dicho que no había baños y había insistido varios veces que usaran el río antes de montarse al tren. No había ninguna rendija excepto el pedazo donde la puerta no llegaba al suelo.

—¿Lo puedes aguantar? —preguntó la mamá.

—No.

—Entonces usa la rendija donde está la puerta. Puede que estemos aquí por largo rato.

La gente comenzó a moverse y los que estaban situados estratégicamente cerca de la rendija se quejaron al tener que dejar su espacio fresco y privilegiado.

—Maravilloso, ahora el poco aire fresco que entra va a apestar a orines —resonó la voz profunda del hombre del pañuelo.

Por el momento no apestó. Jaime y Ángela compartieron un tamal y un mango. Se comieron la cáscara y chuparon el jugo de la semilla lo cual hizo que el aire asfixiante oliera aceptablemente en vez de que apestara. Otra persona se comió una naranja y otra un tipo de carne que quizás era un chorizo.

—Con permiso, señor. ¿Nos puede dar el mango

cuando haya terminado? —preguntó la niña tocando a Jaime en la pierna.

Jaime sintió como si tuviera una piedra del tamaño de la semilla del mango atravesada en la garganta. No quedaba ningún jugo en la semilla. Él y Miguel solían competir para ver cual de los dos podía dejar más seca la semilla de un mango. Y Jaime casi siempre ganaba. Excepto esta vez no sintió como si hubiera ganado. Esta niñita necesitaba la alimentación de ese jugo más que él.

—La hoja de plátano tiene un poco de masa pegada —Ángela le ofreció la envoltura del tamal y después de pensarlo le dio una de las tortillas de abuela.

—Puedes comer lo que queda de esta naranja. Es muy agria para mi gusto —gruñó el hombre del pañuelo.

Otras personas se ofrecieron a compartir la poca comida que tenían con los niños. Su mamá les daba las gracias y los bendecía. Era difícil saber con certeza por la poca luz que entraba, pero Jaime estaba seguro de que la mamá no comió nada.

—Oye —Jaime habló con voz optimista y alegre para distraerlos del hambre que tenían—. ¿Sabés este trabalenguas? Estoy seguro de que no lo podés decir aprisa, «Un tigre, dos tigres, tres tigres». Tratá de decirlo.

Los dos niños y después el resto de las personas se unieron a repetir los trabalenguas. Eva, la niña, era bastante buena diciendo las frases diferentes, pero su hermano mayor, Iván, se reía tratando de decir: «Pancha plancha con cuatro planchas».

Los trabalenguas habían mejorado el estado de ánimo de las personas hasta que el tren paró de repente. Todos miraron hacia la puerta para ver si se iba a abrir. No se abrió y después de un rato el tren continuó su marcha hacia el norte y el oeste. Todos dejaron escapar un suspiro de desaliento porque la puerta no se había abierto y de alivio porque no los habían encontrado. Esto volvió a suceder la próxima vez que el tren paró, y otra vez y otra vez hasta que Jaime perdió la cuenta de cuántas veces habían parado.

Varias veces Jaime pensó en Xavi, Rafa y Joaquín y en algunos de los otros muchachos que habían jugado fútbol con ellos, preguntándose dónde estarían y si estaban bien. Cuando estaban en la estación del tren él le había pedido a Miguel que los protegiera. No sabía si podía pedirle que protegiera a sus amigos también. No perdía nada con probar.

—¿Te acordás de la vez que mamá estaba dejando enfriarse una plancha encima de la cama? —El trabalenguas de *Pancha plancha* seguía dando vueltas en la cabeza de Jaime que le estaba palpitando. El tren continuaba poniéndose más y más caliente—. Ella nos advirtió que tuviéramos cuidado.

Ángela soltó un suspiro que podía haber sido una risita.

—Pero Miguel saltó sobre la cama unos segundos después y cayó sobre la plancha caliente.

—Dijo después que la cama lucía tan cómoda que se había olvidado de la advertencia y no había visto la plancha caliente —Jaime sonrió pensando en su primo. ¡Ay, Miguel!

—Tuvo la marca de la quemadura de la plancha caliente por meses —Ángela recordó.

—Pero él continuaba brincando en la cama cada vez que venía a casa —Jaime se esforzó en respirar profundamente. El vagón del tren estaba cada vez más asfixiante—. Yo lo echo mucho de menos.

—Yo también —Ángela suspiró pasando un brazo sobre los hombros de Jaime y besándolo en la parte de atrás de la cabeza pues no sabía dónde estaba su rostro en la oscuridad.

La peste se hizo peor cuando uno de los hombres mayores siguió el ejemplo de la niña y usó la rendija de la puerta como un baño. No ayudaba que hiciera cada vez más calor dentro del vagón. Todos estaban sudando.

Las paredes del vagón se pusieron demasiado calientes para recostarse contra ellas y todos tuvieron que apiñarse en el centro pegados unos contra los otros, lo cual hizo que la temperatura de sus cuerpos aumentara. El hombre al lado de Jaime apestaba a podrido. Jaime tomó un poco de agua estando consciente de que mientras más agua tomaba menos iba a tener para después y que tendría que usar el lugar asignado para orinar. Aún así se tomó la mitad del agua sin darse cuenta. Él nunca había sentido tanto calor. Se quitó la camisa y se hubiera quitado los pantalones que se le pegaban en las piernas, pero no se atrevió por todo el dinero que estaba cosido en ellos. En ese vagón tan oscuro jamás los volvería a encontrar.

—Mantené puestos los zapatos también —Ángela le susurró al oído tan bajito que las personas de al lado no la pudieron escuchar.

—¿Por qué?

Ángela titubió como si estuviera esperando que alguien los estuviera observando y escuchando. Pero era imposible saber en esa oscuridad.

—Es algo que César dijo en la iglesia. Si pasa algo y tenés que correr es la gente que está descalza a quien agarran.

Otros en el tren no habían oído el consejo de César. La peste de los pies se unió al resto de los olores ofensivos. Jaime no quería añadir a la peste ya existente pero hubiera sido bueno poder airear sus pies.

—No tenemos que preocuparnos de eso ahora. Nadie va para ninguna parte.

—De todas maneras no se sabe si podemos confiar en ellos. Ni sabemos cómo lucen.

Jaime miró a la puerta cerrada. Si... no, cuando alguien al fin la abriera no había hacia dónde escapar. Pero Ángela tenía razón. Demoraría varios segundos volverse a poner los zapatos y varios segundos podían hacer una gran diferencia. Él no podía arriesgarse a perder los zapatos como tampoco podía perder los pantalones.

Él deseaba poder confiar en esta gente. Todos estaban en el mismo viaje. Debían de poder ayudarse unos a los otros, especialmente al estar encerrados en el vagón. Claro, habían tenido ese momento de camaradería con los trabalenguas y cuando le habían dado las sobras de comida a los niños. Pero cuando llegara el momento cada uno iba a velar por sí mismo. Iban a usar cualquier cosa que los pudiera ayudar, incluso los zapatos.

Usó su camisa para secarse el sudor del rostro y la agitó delante de él para mover el aire. Pero no sirvió de nada. La temperatura siguió subiendo.

—Estamos en un horno aquí. ¡Nos están cocinando vivos!

La misma voz que se había quejado anoche comenzó a gritar y a golpear en la puerta. Una vez más el tren había parado. Pero no se sabía dónde estaban.

Venía ruido de afuera. El vagón se inclinó de lado haciendo que la gente que gritaba gritara más alto. Jaime se preguntaba si la gente afuera los podía escuchar.

Otros comenzaron a golpear también para atraer la atención de alguien afuera. Algunos pusieron su boca en la apertura debajo de la puerta que se había convertido en el lugar para orinar. Esta vez la voz profunda del hombre con el pañuelo no trató de pararlos. Jaime había pensado unirse al grupo que gritaba, pues mientras más personas gritaran, más alto era el ruido. Pero no tenía la energía para pararse. Era mejor mantenerse en el centro del vagón con la camisa en su cara, la cual aún conservaba el olor de casa con el jabón que su mamá había usado.

Me pregunto, hasta ese pensamiento le costaba más esfuerzo de lo normal, *si estamos en Medias Aguas*. Esto explicaría el ruido del metal contra el metal como si hubieran desenganchado y vuelto a enganchar el vagón. *O quizás podían ser monstruos*, pensó. Monstruos que se habían apoderado del tren. *Me pregunto, cómo lucen*.

Con una embestida el tren prosiguió el viaje. Los gritones pararon, llorando y gimiendo que no lo podían aguantar más y que esperaban que la muerte llegará pronto.

—¿Mamá, nos vamos a morir? —preguntó Eva.

Jaime esperaba que dijera: «Claro que no». Pero en vez la mamá respiró profundamente.

—Eso lo decide Dios. Él escoge quien se va a unir a Él. Pero cualquiera cosa que pase, vas a estar en buenas manos, las mías o las de Dios —y comenzó a cantar unos himnos. Otros se unieron cantando con aliento entrecortado. Nadie tenía suficiente oxígeno para mantener una buena melodía.

Jaime agarró la mano de Ángela. Las manos de los dos estaban sudadas y pegajosas. Él quería preguntarle lo mismo que la niña había preguntado pero no quería escuchar la respuesta. El calor era asfixiante. Era como estar en un auto que estaba al sol y que no se podía bajar la ventanilla. Su mente estaba confusa y tenía dolor de cabeza. Las sombras oscuras se movían de un lado para otro como si estuvieran en un barco en vez de un tren.

—Estoy enfermo —murmuró para sí mismo pero su prima lo oyó.

—Comé y tomá agua. Estás deshidratado —Ángela le dio la botella de agua y el último mango.

Hizo lo que ella le dijo, tomándose lo que quedaba de agua y mordiendo la cáscara del mango para sacarle el jugo. El mundo volvió a tener sentido otra vez. Seguía estando muy caliente pero por lo menos no se sentía medio loco y fuera de sí. Le dio a su prima la otra mitad del mango.

—No, cométilo vos —le dijo ella.

Jaime sacudió la cabeza antes de darse cuenta de que ella no lo podía ver.

—No, los dos lo necesitamos.

Ella lo agarró y lo terminó pero dejó el jugo que le quedaba a la semilla para Eva e Iván. Habían parado de cantar los himnos pues era un esfuerzo muy grande con el aire tan caliente y húmedo que los rodeaba. Quizás debía de volver a sacar su cuaderno para intentar volver a dibujar a ciegas. Pero con el calor que había las páginas se iban a humedecer y romper. Además no creía que podía enfocarse en la página sin poder ver para que el dibujo saliera bien.

Tendría que dejar de pensar en el calor de otra manera.

—¿Te da miedo morir? —preguntó en un susurro. Él no tenía la energía para sentirse molesto o decepcionado de que todo el esfuerzo que habían hecho sus padres para sacarlos de Guatemala había sido en vano.

—No —contestó Ángela con el mismo cansancio—. Más que miedo me siento desilusionada. Hay muchas cosa que me hubieran gustado hacer.

—¿Cómo qué?

—No gran cosas. Como hacer el papel de Julieta delante de un público. Tener hijos. Envejecer. Ver y comer nieve. ¿Y vos?

Jaime pensó en esto por un rato. Él sabía que tenía planes relacionados con el arte, museos y quizás ir a la universidad. Pero con el calor que había no podía acordarse de sus planes.

—A mí también me gustaría ver y comer nieve. Pero le tengo miedo a la muerte.

—No debés de tenerle miedo. Miguel no se lo tenía. Él te puede cuidar.

Había una parte de Jaime que quería decir que él no necesitaba que nadie se hiciera cargo de él. Pero de verdad, cómo le gustaría volver a ver a Miguel.

—Me hubiera gustado que Miguel estuviese aquí con nosotros. Hubiera querido que nos fuéramos antes de que lo mataran.

—Yo también.

Pero entonces Miguel hubiera estado con ellos cocinándose en el vagón del tren y Jaime jamás hubiera querido eso. Ya su primo había sufrido demasiado. Se preguntaba: *¿Cuánto tiempo había demorado para que la vida saliera del cuerpo de Miguel? ¿Cuánto dolor había tenido que aguantar hasta que llegó el momento en que no pudo más?* Jaime pensó que si tenía que escoger entre que lo mataran a golpes o morirse cocinado en el vagón era mejor morirse como estaba. Por lo menos en el tren no tendría que sufrir tanto. Bueno, eso esperaba.

—Si me muero —Ángela dijo con voz seca, pero Jaime no la dejó terminar.

—No te vas a morir —si ella se moría, se morirían los dos pues él no podría continuar sin ella.

Ángela lo abrazó. Aunque el calor de sus cuerpos hacía que el calor fuera casi irresistible, saliéndose del abrazo de Ángela hubiera sido mil veces peor. Pasaron unos minutos antes de que ella tuviera la fuerza o el aliento para seguir.

—Si me muero por lo menos muero con un familiar y no sola.

Ninguno dijo más nada. Pero ambos pensaron lo mismo. Miguel había muerto solo.

CAPÍTULO CATORCE

Ya no quedaban mini luces de discoteca cuando Jaime abrió los ojos otra vez. Debía de ser de noche. Él no sabía si se había dormido o se había desmayado por el calor. No había manera de saber cuánto tiempo llevaban en esa jaula. Lo último que recordaba era que tenía dificultad para enfocar y que se preguntaba si iba a parar de sudar.

Ahora no estaba sudando. Al contrario sentía frío en el aire asfixiante del vagón. Encontró una camisa que esperaba que fuera la suya y se la puso. El olor al jabón de mamá lo envolvió.

—¿Jaime? —Ángela se levantó al lado de él.

—Sí, soy yo.

—Qué bueno —ella gimió al estirarse y se recostó contra la pared del vagón que ya no quemaba—. ¿Tenés hambre?

—¿Cuánto tiempo más vamos a estar aquí?

—No tengo la menor idea. Pero la comida no va a durar ni un día más si es que ya no está podrida.

No les quedaba mucha comida. Solo un tamal y un par de las tortillas de abuela que sabían un poco rancias. Si él las pudiera ver, de seguro notaría que tenían puntos verdes. Pero como no podía ver los puntos verdes pues se imaginó que no existían. No les quedaba nada más de comida. Si salían del tren, vivos, ¿cuán difícil sería conseguir más comida? Probablemente la casa de refugio en Lechería les daría algo de comer mientras estuvieran ahí. ¿Y después?

Los otros en el carro de tren comenzaron a moverse y a despertarse del sueño inducido por el calor. Se oía el ruido de bolsas plásticas, de cremalleras que se abrían, de botellas de agua que crujían cuando las personas buscaban entre la poca comida que les quedaba. Pero los ruidos no duraron mucho tiempo. La mayoría de las personas tenían poca comida, si es que tenían.

—Mamá, creo que este hombre está muerto —dijo la niñita.

El tren entero se calló como si le hubieran robado la voz a todo el mundo.

—¿Dónde está? —al fin se oyó la voz profunda del hombre del pañuelo.

—Aquí —la voz de Eva era chillona en comparación.

El resto de las personas siguieron mudas mientras el hombre fue al lado del cuerpo.

Una bofetada se escuchó en el vagón y poco después el hombre del pañuelo gruñó.

—Puedo sentir el pulso pero está muy débil. Creo que ha sido el calor. ¿Alguien tiene un poco de agua?

Jaime sacudió su botella plástica. Nada. Al lado de él Ángela hizo lo mismo. La de ella también estaba vacía. Algunos chequearon sus pertenencias y dijeron que no tenían. Otros no dijeron nada. Jaime sabía que estaban guardando la poca agua que les quedaba para ellos mismos.

Cuando nadie ofreció agua movieron al hombre inconsciente y todos guardaron distancia de él. Si no es porque el intenso calor le había drenado la energía a todos, Jaime se hubiera preocupado de que hubiera alguna pelea o de que alguien tratara de robarle el agua a otra persona. Pero tal parecía que respirar era todo lo que podían hacer. De vez en cuando el hombre del pañuelo se acercaba al cuerpo y repetía: —Todavía está con nosotros.

Jaime abrió los ojos de nuevo cuando el tren se movió de un lado para el otro al cambiar de carriles y disminuyó la velocidad.

Otra parada en este viaje sin fin, se dijo a sí mismo. Trató de ponerse en una posición más cómoda. Después de todo, lo único que se podía hacer era dormir y así el tiempo pasaba más rápido. Pero se despertó completamente. Era de noche otra vez o quizás aún seguía siendo de noche. Se puso a observar las lucecitas del exterior que se reflejaban en las paredes de metal. El ruido del metal chocando contra el metal despertó a todos. Estaban separando y uniendo otros vagones del tren. Voces lejanas gritaban órdenes. Jaime no quería hacerse ilusiones. *¿Estaban…? ¿Iban ellos a ser…?*

Parecía que llevaban horas parados cuando la barra de metal que cubría la puerta sonó y chilló mientras la deslizaban para abrirla. Segundos después la luz brillante del exterior los cegó y el aire más fresco y dulce del mundo se podía respirar en el vagón que antes estaba oscuro y sofocante. La puerta se abrió varios metros.

—Sálganse —les ordenó una voz.

Chocaban unos contra los otros mientras se paraban sobre sus débiles piernas aún cegados por la luz.

Jaime parpadeó varias veces y con cada parpadeo su visión se aclaraba más. Hubiera preferido seguir cegado.

El brillo venía de un poste de luz del exterior que iluminaba a un oficial de inmigración parado afuera del tren. Tenía municiones cruzadas contra el pecho en forma de una x y su rifle automático apuntaba al interior del vagón.

Era la primera vez que Jaime podía ver a las personas en el interior del vagón. Todos los que habían viajado en la camioneta desde la iglesia del padre Kevin estaban ahí. Había además como veinte personas más. La expresión de sorpresa y confusión cambió rápidamente a una de miedo al darse cuenta de que la pesadilla de ser capturados se había hecho realidad. Iván miraba al oficial con asombro mientras que Eva sujetaba fuertemente la mano de su mamá y también el pedazo de manta rosada que siempre tenía con ella. Por lo menos no estaban llorando.

—Les dije que salieran —repitió con un movimiento del rifle.

Con las mochilas en sus espaldas y las manos agarradas Jaime y Ángela bajaron del vagón y pasaron por delante del oficial junto con las demás personas. El tobillo que se había lastimado en la camioneta le molestaba muy poco. Tenía cosas más urgentes en las cuales pensar. Como cuán duro los iban a golpear los oficiales antes de devolverlos a Guatemala. Si él y Ángela tratarían de hacer el viaje de nuevo, cuántas veces tendrían que intentarlo hasta poder llegar a donde estaba Tomás, o si se darían por vencidos y volverían junto a sus familias y aceptarían el castigo que los Alfas les darían por haberse fugado de la pandilla.

El oficial se inclinó dentro del vagón para tocar al hombre desmayado con su rifle.

—¿Qué le pasa? ¿Está muerto?

Como si estuviera planeado todos los pasajeros salieron huyendo y se fueron en todas las direcciones. Ángela y Jaime corrieron a través de la estación de tren evadiendo los vagones y cruzando los obstáculos. Sonaban gritos y disparos. Dos hombres que estaban descargando los vagones pararon para mirarlos pero ni los ayudaron ni interfirieron. Un destello rosado atrajo la mirada de Jaime. Un oficial había capturado a la mamá de Iván y Eva. Lo que quedaba de la manta rosada de Eva brillaba en la luz tenue. En el segundo que le demoró a Jaime pensar cómo los podía ayudar vio cómo el oficial los soltaba y salía corriendo en la otra dirección con el rifle extendido. El retazo rosado despareció en la noche.

Jaime sonrió por un segundo. *Por lo menos había algunos oficiales de la migra con compasión.* Los primos saltaron sobre raíles llenos de basura antes de correr a la calle oscura. Después de doblar varias veces de una calle a la otra miraron sobre sus hombros. Nadie los perseguía. Con las costillas doliendo pues estaban exhaustos, se agacharon a la sombra de un pórtico para recobrar el aliento.

Una vez que se calmaron se miraron a los ojos. La adrenalina y los nervios hicieron explosión al abrazarse, llorando y riendo. Aunque no había nada divertido con respecto a lo que habían pasado.

Ángela se llevó la mano al pecho.

—Que bueno es sentir que mi corazón palpita.

—Es estar vivo —Jaime estaba de acuerdo. Entre el tren asfixiante y el oficial de la migra era un milagro que estuvieran vivos.

—Esperemos no tener que volverlo a hacer dentro de poco.

—Si Rafa estuviera aquí hubiera dicho que había sido divertido —dijo Jaime enderezándose.

—Es una locura —dijo ella sacudiendo la cabeza—. ¿Estamos en Lechería, no en Medias Aguas, verdad?

—Lechería —confirmó él. Estaban en un suburbio de la Ciudad de México, la capital, en el centro de México. Ya estaban a mitad de camino. Él sonrió y apuntó en la dirección en que habían venido—. Vi unos letreros en la estación del tren cuando corríamos para alejarnos del oficial.

—Vamos a buscar la casa segura para encontrarnos con los otros.

Gracias a Ángela, que les había hecho aprenderse de memoria los refugios y las direcciones que Jaime había dibujado en su cuaderno, ellos pudieron encontrar mucho más fácil la casa de bloques con el techo muy bajo, que la Iglesia de Santo Domingo del padre Kevin. Pero esta casa segura estaba cerrada. Había tablas cubriendo las ventanas y basura entre el portón de hierro y la puerta de entrada que estaba cerrada con llave. Trataron de abrir la puerta y las ventanas pero no había ninguna entrada secreta. No había ningún letrero diciendo dónde podían encontrar otra casa segura. Lo único que había pintado en las paredes eran malas palabras dirigidas a la escoria centroamericana.

La sequedad de la garganta de Jaime lo raspó cuando

tragó en seco. De nada valía quejarse de lo mucho que él había contado con tener agua y comida aquí. De seguro que Ángela se sentía igual que él. Jaime se preguntó si ahora era el momento de usar el dinero que tía Rosario les había cosido en los pantalones para usar en caso de una emergencia. Probablemente no. De todas maneras no importaba pues todas las tiendas estaban cerradas.

Esperaron un rato para ver si sus amigos aparecían. Este era el lugar donde debían encontrarse de acuerdo con su plan de tener cuidado de que no los capturaran. Pero no llegaron.

—No creo que vengan esta noche —Jaime se mordió el labio tratando de ser optimista—. Quizás se quedaron en Medias Aguas.

Ángela mostraba la preocupación en su rostro pero simuló ser optimista también.

—Tenés razón. Y no nos debemos quedar aquí más tiempo. Estamos demasiado expuestos.

Jaime estaba de acuerdo, pateando la basura en la calle. Él hubiera querido esperar para ver si sus amigos aparecían. Pero sabía lo que, o quienes, habían hecho que la casa segura cerrara podían regresar. ¿Qué podían hacer? ¿Adónde podían ir? El plan B que tenían era esperar un par de días en la casa segura para ver si sus amigos llegaban. No habían hecho planes en caso de que la casa segura estuviera cerrada.

¿Dónde estaban sus amigos ahora? ¿Todavía en Arriaga

sin haber podido subirse al tren? ¿Esperando por ellos en Medias Aguas? ¿En una camioneta blanca que los llevaba a la frontera con Guatemala? Imágenes de muñecos plásticos que se caían de encima de los trenes de juguete cruzaban la mente de Jaime. Excepto que estos muñecos plásticos tenían la cara de muchachos reales. Había sido estúpido pensar que los volverían a ver.

De la calle de al lado les llegaron los gritos de hombres borrachos. Los pelos de la parte de atrás del cuello de Jaime se le erizaron. Le agarró la mano a Ángela. No necesitaban más motivación para irse de ahí rápidamente.

—¿Debemos volver a la estación de trenes? ¿No tenemos que montar otro tren para Ciudad Juárez? —detestaba la idea de volver donde estaban los oficiales armados y mucho menos de volver a estar encerrados en un vagón sofocante otra vez. Pero cualquier cosa era mejor que permanecer afuera de una casa que ya no era segura. ¿Correcto?

—Quizás debemos de dar una vuelta alrededor de la estación de trenes. Preguntar dónde podemos encontrar a Santos —dijo Ángela mientras rápidamente volvía por donde habían venido para alejarse de los hombres borrachos.

Jaime miró al cielo. La contaminación y las nubes no le permitían ver las estrellas. El sol aún no había salido.

—Es mejor hacer eso de día, ¿no crees? Podemos revisar el área y tratar de encontrar al coyote.

El ruido de cristal rompiéndose y unos segundos después las sirenas de los autos de la policía hicieron que caminaran más aprisa.

—¿Pero adónde vamos a pasar la noche? —preguntó Ángela.

Ese era el dilema. Estaban en un barrio pobre. Las casas eran pequeñas y necesitaban mucho más que pintura para lucir bien. Las ventanas que no tenían barras eran muy pequeñas incluso para que cupiera un niño pequeño. Los pocos autos estacionados en la calle eran viejos. Jaime no creía que alguien los dejara quedarse en su casa ni aún en el patio. Especialmente después de que los despertaran a medianoche. Aunque había árboles no eran lo suficientemente grandes como para treparlos. Lechería definitivamente no era un lugar seguro.

Aún así tenía que haber un lugar seguro para que ellos pudieran pasar la noche. Él vio un auto blanco con más óxido que pintura parqueado en la calle. Miguel era el que generalmente se fijaba en los autos. Pero algo hizo que Jaime se quedara mirándolo. Agarró a Ángela por el codo para pararla.

—¿Creés que entrás debajo de este auto?

Ángela se agachó para mirarlo. La distancia entre la calle y la armazón del auto era aproximadamente como media pierna.

—Malamente. ¿Pero qué pasaría si el dueño lo echa a andar?

Jaime señaló la basura que estaba entre las ruedas y la cuneta.

—No lo han echado a andar en mucho tiempo. Varias semanas, quizás más.

—Pues creo que nos va a tener que servir —Ángela se quitó la mochila de la espalda y la colocó debajo del auto. Se acostó boca abajo y se arrastró debajo del auto viejo. Jaime hizo lo mismo detrás de ella. Su estómago vacío sonó al acostarse sobre él. La calle debajo del auto estaba llena de suciedad, basura y colillas de cigarrillos. El olor a aceite de motor salía de debajo de donde estaba el capó del auto. Un golpe en la cabeza le recordó que no podía subirla más de unos centímetros.

Con una mano en su mochila y la otra sujetando la mano de Ángela, Jaime se sintió seguro y relajado en esta pequeña cueva sucia.

CAPÍTULO QUINCE

Un gemido hizo que Jaime abriera los ojos. Una nariz negra seguida de una cabeza blanca y marrón con una sola oreja se asomó para oler entre la basura debajo del carro.

—¡Vida! —gritó Jaime mientras agarraba su mochila y se deslizaba por debajo del auto. Un golpe y un quejido salió de Ángela al haberse olvidado del poco espacio que había entre su cabeza y el auto. La perra rescatada se meneaba con mucha alegría mientras lengüeteaba el rostro de Jaime y después el de Ángela.

Ahí estaban. Sus amigos. Vivos pero lucían muy diferentes de como se habían visto cuando estaban con el padre Kevin. Los tres tenían la piel más oscura. Tenían arañazos, picaduras y quemaduras en los brazos. Sus ropas estaban sucias y rasgadas. Pero en el rostro de todos ellos, hasta en el de la perra misma, había una sonrisa que indicaba que todo esto había valido la pena.

—Están aquí. Lo lograron. ¿Cómo nos encontraron? —Ángela se lanzó a los brazos de Xavi llorando en su hombro. Xavi estiró un brazo y Jaime se unió al abrazo. Cuando se soltaron, parte de la suciedad de debajo del carro se había pegado a la camisa del uniforme de Xavi que ya no era blanca.

Pero la suciedad no paró a Joaquín. Él saltó a los brazos de Ángela sujetándose a ella como un bebé. Rafa le dio una palmada a Jaime en la espalda y le alborotó el cabello.

A sus pies Vida dio un salto de alegría. Jaime se agachó a la altura de ella y aunque no era un veterinario se dio cuenta de que la costura en su barriga estaba funcionando pues su piel no estaba tan roja y se veía que estaba sanando.

—Vida fue quién los encontró —dijo Xavi sonriendo.

—¿Cómo? —Ángela soltó suavemente los brazos de Joaquín de alrededor de su cuello y dejó que le agarrara la mano. Miró a Vida todavía con sentimientos mixtos hacia ella sobre todo después del lengüeteo que Vida le había dado en el rostro. Vida ignoró su mirada y meneó el rabo.

—Fuimos a la casa segura —Xavi comenzó y todos continuaron hablando a la vez.

—Aunque habíamos oído que estaba cerrada —añadió Rafa.

—Teníamos que encontrarnos con ustedes —susurró Joaquín.

—Pero ustedes no estaban ahí —continuó Xavi.

—Estuvimos un rato —dijo Jaime.

Xavi asintió: —Lo sabemos.

—Tuvimos que bajarnos del tren varios kilómetros antes de llegar a Lechería. El lugar estaba repleto de oficiales de la migra —alardeó Rafa orgulloso de haberse escapado a tiempo.

—Lo sabemos —Ángela sonrió.

Joaquín señaló a la perra y dijo: —Vida nos advirtió.

—Cuando llegamos a la casa segura, ustedes ya se habían ido. Nos subimos al techo y dormimos ahí por si ustedes volvían.

—Debimos de haber pensado en eso —le dijo Jaime a su prima.

—Te eché de menos —Joaquín se agarró más fuerte de Ángela.

—Esta mañana Vida comenzó a olfatear en la acera —continuó Xavi.

—Yo pensé que estaba a punto de cagar —bromeó Rafa.

Xavi sacudió la cabeza: —Ella se acordaba del olor de ustedes y lo siguió. Cuando llegamos a esta calle corrió hacia el auto. Unos segundos después ustedes salieron de debajo de él.

Las sonrisas de todos cubrieron sus caras.

Jaime se agachó para rascar la única oreja de Vida. Él sabía que los perros eran inteligentes pero ella solamente había estado con ellos durante un día y aún los recordaba después del largo viaje en tren. Su jauría, su familia.

Ángela se agachó también para acariciarla.

—Gracias, mamita.

Comenzaron a caminar por las calles de Lechería por donde niños con camisas blancas del uniforme escolar iban para la escuela y donde mujeres mayores empujaban carritos llenos de compra de comida. Los muchachos habían oído de otros en el tren que había un puente donde podían obtener información para la próxima etapa de su viaje. Vida trotaba entre sus piernas comiendo lo que encontraba en la calle llena de basura y hojas pero no se alejaba más de unos pocos metros de ellos aunque no tenían una soga para mantenerla cerca. Si no hubiera sido por el hilo azul que se le veía a través del pelo nadie hubiera podido imaginar que había tenido una «cirugía» hacía solamente unos días.

Joaquín, que no había soltado a Ángela desde que se había lanzado a sus brazos, agitó la mano que tenía sujeta a la de ella y preguntó: —¿Tenés hambre?

Ángela le sonrió al niñito y le contestó: —Un poco.

¿Un poco? Estaban muertos del hambre. Por lo menos Jaime lo estaba ahora que Joaquín se lo había recordado. La comida de ayer en el tren no había sido suficiente para una comida mucho menos para todo el día. Tenía la garganta reseca del tren y de todo el polvo de debajo del auto.

Los tres muchachos se miraron sonriendo como si tuvieran un secreto. Fue entonces que Jaime se fijó en una bolsa plástica que colgaba de la mano de Rafa.

—¿Dónde consiguieron eso? —preguntó Jaime.

— Tenías razón, Ángela —bromeó Xavi con una sonrisa—. Veracruz es muy bonito.

—Las personas que viven ahí son pobres pero son muy buena gente. Nos tiraban comida como en la película en la cual la comida cae del cielo —dijo Rafa.

Jaime sintió rabia. Los muchachos habían viajado ilegalmente encima del tren y les habían tirado comida gratis mientras que él y Ángela habían pagado mucho dinero para casi ser cocinados vivos. ¿Cómo pudo ser eso así?

Pero su envidia se esfumó en cuanto Rafa le puso en sus manos sucias una dona rellena de camote. Se la comió en dos bocados antes de beber el agua que Xavi le dio. Nunca en su vida había comido algo tan delicioso. Después se comió un plátano y un pequeño pedazo de carne. Sintió como si una nube negra saliera de su cuerpo. Si pudiera lavarse la cara y las manos se volvería a sentir como un ser humano.

El puente no estaba lejos y llegaron como a media mañana. Los autos pasaban muy aprisa por encima mientras que los más lentos cruzaban por debajo del puente. La peste a orines mezclado con los humos de los autos dominaba el área. En un principio parecía que no había nadie ahí. Pero entonces Jaime notó el humo de un cigarrillo que salía del espacio entre el puente y la viga de soporte. Se acercó y vio una silueta recostada contra el cemento.

—¿Qué quieren patojos? —preguntó un hombre. Su voz sonaba como si hiciera esfuerzo para respirar pero su acento era guatemalteco.

—Con permiso, señor —dijo Xavi—. Quisiéramos información sobre el próximo tren hacia El Norte.

El hombre fumó su cigarrillo por última vez y tiró la colilla hacia donde ellos estaban.

—¿Qué me van a dar a cambio por esa información?

Se miraron unos a los otros. Jaime no quería darle los doce pesos que se había ganado en el autobús. Este hombre no parecía que fuera a aceptar un dibujo como pago.

—Tenemos dos donas de azúcar —dijo Xavi ignorando la mirada de reproche que le lanzó Rafa.

—Tráiganlas pa' aquí.

Xavi le quitó a Rafa la bolsa plástica con las donas y subió por el lado empinado para dárselas al fumador mientras los otros esperaban abajo cerca de la carretera. El hombre agarró una y puso la bolsa con la otra al lado de sus piernas.

Fue entonces que Jaime notó que las piernas del hombre terminaban en las rodillas en muñones oscuros. Joaquín respiró profundamente mientras Rafa parecía dispuesto a preguntar qué le había pasado, pero Ángela le hizo señas para que se callara.

—'stá poco seca —el hombre protestó mientras se sacudía la azúcar del bigote y de la barba, pero aún así comió la segunda dona—. Lo primero que necesitan saber es que es muy difícil montarse en el tren aquí en Lechería. Hay muchos guardias. Es mejor subirse cerca de Huehuetoca, a veinticuatro kilómetros de aquí. El tren no para pero disminuye la velocidad lo suficiente como para que se puedan subir.

Jaime parpadeó. ¿Veinticuatro kilómetros? Él nunca había caminado tan lejos. Probablemente les llevaría casi todo el día y quizás parte de la noche.

—¿Nos puede decir cómo podemos encontrar a Santos? —dijo Ángela.

El hombre se empujó contra el cemento para ponerse en una posición más cómoda. Se jaló un muslo hacia un lado y después el otro para moverlos un poco.

—¿Tienen más donas?

Xavi negó con la cabeza: —Estas fueron las últimas.

—Pena —actúo como si no fuera a decir más nada. Pero después encendió otro cigarrillo y lanzó el humo en la dirección donde estaban ellos—. Santos, ya no está. Lo mataron hace dos días.

La tristeza invadió a Jaime por un hombre que no

conocía. O quizás era egoísmo, o desilusión. ¿Cuánto dinero habían perdido sus padres en esa transacción? Por lo menos no le habían pagado por todo el viaje. Quizás podían usar el resto del dinero que era para Santos para pagarle a otra persona. La posibilidad de cocinarse vivo en otro carro de tren no le agradaba pero tampoco el viajar encima del tren.

Xavi asintió con la cabeza: —Lo sentimos. Gracias por dejarnos saber.

—Raro. Un guanaco con modales.

Jaime se sintió incómodo. Mientras que a los guatemaltecos no les importaba que los llamaran «chapín» para los salvadoreños era un insulto que los llamaran «guanaco». Sobre todo después de haberle dado dos donas buenas.

Xavi no dejó que el insulto lo molestara.

—No ha contestado a mi primera pregunta. ¿Cuándo es el próximo tren?

—¿Adónde van?

Ahora sí Xavi empezó a sentirse incómodo dando un paso hacia atrás. —Con permiso. Todos vamos hacia El Norte, para los Estados Unidos.

—Ya lo sé, guanaco imbécil —dijo echándole las cenizas a Xavi—. Pero desde aquí los trenes van en cuatro direcciones diferentes.

—Ciudad Juárez —contestó Ángela rápidamente para mantener la paz.

—Mexicali —susurró Joaquín.

—En la dirección que sea más corto el viaje —dijo Rafa.

Jaime se dio cuenta de que Xavi no mencionó ningún lugar.

El hombre lanzó un juramento y aspiró profundamente de su cigarrillo.

—Típico. Nuevo Laredo es el próximo tren y es el viaje más corto. Viene mañana en la noche. Mexicali es la mañana siguiente. Y Ciudad Juárez esa tarde. ¿Están seguros de que no tienen nada más de comer?

Xavi buscó en sus bolsillos y le tiró un caramelo duro. El hombre lo agarró en el aire sin pensarlo.

—Sigan la carretera hacia Huehuetoca hasta que lleguen al tercer puente. Si llegan antes del anochecer hay voluntarios que traen una camioneta con comida. La comida sabe a alcantarillado pero se puede comer. Díganle a Olga que más vale que me traiga un plato.

—Gracias otra vez —Xavi corrió por el concreto empinado hacia la carretera donde los otros lo aguardaban.

No estaban muy lejos cuando el hombre sin piernas les gritó su último consejo gratis.

—Si no quieren terminar como yo, más vale que tengan cuidado con las ruedas del tren.

CAPÍTULO DIECISÉIS

Llegaron en poco tiempo al tercer puente. En vez de esperar sin nada qué hacer hasta que llegara la camioneta con la comida, Xavi decidió que era mejor tratar de buscar trabajo en el mercado. Su teléfono, que era lo único que tenía, se lo habían robado del bolsillo en el tren.

—Voy a vender el cargador y sería conveniente conseguir comida y agua para el viaje en el tren. No podemos contar con que nos vuelvan a tirar suministros.

Jaime se acordaba del hambre y de la sed en el viaje en tren. Trabajar para comprar suministros de verdad era una buena idea. El dinero para pagarle a Santos seguía cosido en sus pantalones. La advertencia de tía Rosario de guardarlo aún resonaba en su cabeza.

Había cientos de puestos amontonados adentro de un

edificio que era el mercado. Sin pasillos rectos el lugar era un laberinto de mesas y de mercancía. Frutas y vegetales de todos los colores y en diferentes etapas de maduración llenaban las mesas. Camisas hechas a mano se mecían al lado de un zapatero que le estaba midiendo el pie a un viejo. DVDs pirateados giraban en estantes tambaleantes.

Pero la mayor parte de los vendedores en el mercado no tenían trabajo, y mucho menos dinero para emplear a los muchachos. Otros les gritaron y ordenaron que regresaran a la casa.

Un hombre levantó su zapato en el aire como si fuera a golpearlos.

—Fuera de aquí, desgraciados, antes de que llame a la migra para que los saque a patadas.

Rafa se volvió para insultar al hombre pero Xavi lo agarró por la camisa y se alejaron de ahí. Aunque sería muy difícil para la migra encontrarlos con tanta gente alrededor era mejor no llamar la atención. Tuvieron más cuidado y fueron más amables al preguntarles a los otros vendedores si tenían trabajo para ellos.

—Ven, chico —le dijo un hombre con una cola de caballo gris a Jaime. —Nos puedes ayudar a bajar las frutas del camión.

Jaime estuvo de acuerdo y levantó una de las cajas que el hombre le señalaba esforzándose por el peso. Por lo menos era un trabajo y este hombre había sido el más amable de los que estaban en el mercado. Dos puestos más abajo Ángela cortaba trozos de piña para una mujer que parecía tener cien años. Dando la vuelta, Joaquín limpió las jaulas donde estaban unas gallinas. Los otros dos habían desaparecido con Vida en el mercado lleno de gente buscando trabajo. Parecía que los vendedores confiaban más en las muchachas y en los niños que en los muchachos adolescentes.

Después de estar una hora cargando cajas el hombre de la cola de caballo gris le dio a Jaime dos papayas muy maduras y aplastadas y una palmada en la espalda. *Mejor que nada*, pensó.

En una mesa al lado de donde Ángela estaba trabajando, una mujer con más boca que dientes estaba vendiendo turrones hechos con almendras, azúcar y claras de huevos. Jaime se pasó diez minutos regateando el precio de un pedazo de turrón y de una botella de agua con los doce pesos que se había ganado en el autobús.

A Xavi, Ángela y Joaquín no les fue mucho mejor. Cuando estaban listos para irse del mercado una hora antes del anochecer lo que tenían entre todos eran cuatro huevos crudos que estaban rajados, unas tortillas en pedazos, unos gramos de manteca y un puñado de frutas demasiado maduras. Todo esto lo pusieron en la mochila de Ángela. Vida había evadido patadas pero había salido con la barriga llena. Jaime no quería saber qué era lo que había encontrado en el piso del mercado pero por lo menos lucía contenta.

Esperaban a Rafa en una esquina con mucho tráfico por donde se entraba al mercado. El olor a carne de cerdo asada cerca de ellos hacía que las bocas se les hicieran agua.

—Todos los años para mi cumpleaños —dijo Jaime con los ojos cerrados recordando el momento—, mamá hacía la mejor carne de cerdo con piña.

—El año pasado fue divino —añadió Ángela—. Tía Lourdes trajo la carne de cerdo y Miguel desistió después de dos semanas de ser vegetariano. Fue alrededor de esa época que mamá trató de enseñarme a hacer flan de coco, el mejor postre del mundo. A mí todavía no me sale tan bueno como el de ella.

Ay, lo que Jaime daría ahora por un flan de coco. —Yo no noto la diferencia.

Ángela le dio un codazo mientra sonreía y, volviéndose hacia Joaquín, le preguntó: —¿Y vos, papi, qué comida echas de menos?

—Frijoles negros con tostones —dijo.

A Jaime también le gustaban los tostones.

—Pero nunca los voy a volver a comer —el niñito siguió.

—Claro que sí. Todos lo vamos a lograr. Ya verás — Ángela lo abrazó y no se dio cuenta de que los ojos del niño estaban llenos de lágrimas. Él no decía nada de su vida pero Jaime se preguntó si quizás alguien muy cercano al niño era el que hacía los frijoles con tostones, alguien que quizás había muerto o lo habían matado.

—Bueno, mi abuela —dijo Xavi tratando de alegrar el ambiente— hace las mejores pupusas. ¿Ustedes saben qué son?

Joaquín dijo que sí con la cabeza pero Jaime y Ángela no sabían lo que eran.

—Masa de maíz frita rellena con carne, frijoles y una barbaridad de queso…

Jaime levantó los brazos y dijo: —Paren ya. Hasta Vida se está babeando.

Vida los miró al oír su nombre y la saliva cayó sobre la acera. Se habían puesto de acuerdo con Rafa para esperar a que él llegara para comer algo de lo que les habían dado pero si no llegaba pronto se iban a olvidar de él.

Se oyó un grito dentro del mercado y todos se volvieron para ver qué pasaba. Rafa corría a toda velocidad hacia ellos.

—¡Vamos, ándale! ¡Ándale! —gritó.

Jaime agarró la mano de Ángela y salieron corriendo con Xavi y Joaquín a su lado y Vida a sus pies.

—Agárrenlo —gritó un viejo detrás de ellos. La gente paró su compra para mirar alrededor lo que pasaba, pero Jaime no escuchaba a nadie siguiéndolos. Después de varias cuadras miró sobre su hombro. Nadie estaba ahí. Con las manos en las rodillas recobraron el aliento mientras miraban a su alrededor. No venía nadie detrás de ellos.

—Bueno, eso fue divertido —dijo Rafa sonriendo mientras se acomodaba la gorra. Los demás lo miraron sin sonreír.

—¿Qué pasó? —preguntó Xavi respirando profundamente como no queriendo saber qué había pasado.

Rafa se encogió de hombros como si no fuera nada importante.

—El viejo desgraciado no me quería pagar después de todo el trabajo que hice. Así que me llevé estos —y les enseñó dos cajetillas de cigarrillos.

Jaime y Joaquín se pusieron al lado de Ángela mientras Xavi agarraba a Rafa por la camisa como dispuesto a pegarle.

—¿Por poco nos agarran a todos por un par de estúpidas cajetillas de cigarrillos?

—Y chicle —Rafa les enseñó el chicle con sabor a frutas que también había robado—. ¿Quieren?

—¡Idiota! —Xavi lo soltó y levantó los brazos mientras caminaba para adelante y para atrás—. Es precisamente por esto que los mexicanos nos detestan. Por actos estúpidos así.

—Él me quería estafar después que limpié su despliegue de mercancía —Rafa insistió pero Xavi no lo escuchaba.

—Yo no he venido hasta aquí para ser arrestado por unos cigarrillos —Xavi se acercó a Rafa señalándolo con el dedo—. Si volvés a hacer otra cosa así vas a desear estar de vuelta en Honduras.

—Bueno, mano. Lo siento —por un momento pareció que Rafa estaba asustado, pero sonrió moviendo la mano—. Toma un chicle de todas maneras.

Xavi lanzó un juramento y siguió caminando de un lado para el otro. Suspiró y recibió un pedazo. Rafa les ofreció chicle a todos los demás. Jaime no comía chicle con frecuencia y no se había dado cuenta de lo mucho que lo extrañaba. Dulce y con sabor a frutas era como una fiesta en su boca. Él y Joaquín compitieron para ver quien hacía los globos más grandes. No estaba de acuerdo con que Rafa se los hubiera robado, pero como ya lo había hecho no había razón para no disfrutarlo.

—Yo no sabía que vos fumás —dijo Jaime mientras trataba de quitarse el globo que se había reventado en su barbilla. Caminaban despacio hacia el puente con la esperanza de que el hombre sin piernas no les hubiera mentido con respecto a la camioneta de la comida.

Rafa hizo un globo y se lo metió otra vez en la boca para que se reventara adentro.

—Fumo a veces pero esa no fue la razón por la cual los agarré. Van a ser buenos para hacer trueque. Para algunas personas los cigarrillos son más importantes que la comida.

Jaime no supo qué decir. Era la primera vez que Rafa tenía una idea práctica.

Había como cuarenta personas en pequeños grupos amontonados debajo del tercer puente cuando regresaron. Viejos, jóvenes y de todas las edades en el medio. A algunos les faltaban dientes o extremidades. Otros tenían heridas tan profundas o habían sido golpeados tan violentamente que hizo que Jaime se preguntara si no habría un médico que pudieran ver. A un hombre le habían robado toda la ropa hacía unas horas y estaba sentado desnudo preguntándole a todos los que pasaban si no tenían unos pantalones extra que le pudieran dar. Era como estar rodeados por los sin techo y Jaime supuso que eso era exactamente lo que eran todos. A juzgar por sus acentos habían algunos mexicanos del sur pero la mayoría eran de Guatemala, El Salvador y Honduras. Por lo menos la mitad de ellos habían perdido la esperanza y ánimo de llegar a El Norte y habían decidido quedarse en la Ciudad de México o regresar a sus casas. Habían decidido que La Tierra Prometida era una ilusión para otros tontos.

La camioneta con la comida pertenecía a una organización benéfica. Les dieron una cena de arroz aguado con sabor a pollo mezclado con unos pocos frijoles, que sabían mucho mejor de lo que el hombre sin piernas les había advertido. Para tomar les dieron limonada hecha de polvo.

Después de varios días comiendo casi nada, al fin Jaime sintió que tenía el estómago lleno.

Los cinco estaban escondidos en la área donde el puente se unía con la loma de cemento en la parte de arriba del puente. La tierra estaba ahuecada como una cueva aquí, lo cual les daba cierta protección. Esto era bueno porque muchos de los que estaban debajo del puente se estaban emborrachando con alcohol barato o se estaban drogando con pegamento. Hasta ese momento habían dejado a Jaime y a sus amigos tranquilos. Él esperaba que Rafa no provocara a nadie con las tonterías que decía.

La luz de un poste alumbraba lo suficiente como para que Jaime pudiera dibujar al grupo. Joaquín estaba profundamente dormido con la cabeza recostada en las piernas de Ángela y el brazo alrededor de Vida, que también tenía la cabeza en las piernas de Ángela, quien estaba recostada contra el cemento y con la mano acariciaba el pelo de Joaquín. Rafa estaba mirando una revista pornográfica que había encontrado y Xavi estaba acostado con las rodillas dobladas y los brazos debajo de su cabeza. Jaime lo podía escuchar mientras le relataba a Ángela sobre su experiencia en el tren.

—Tuvimos suerte. El tren paraba con frecuencia para cargar o descargar mercancía o a veces en puestos de control de seguridad. Mucha gente se bajaba cuando el tren disminuía la velocidad sin saber qué peligro tendrían que enfrentar. Después de pasar el pueblo o el control de seguridad gente nueva se subía.

—Pero ustedes no se bajaron. ¿Estaba la gente asustada y por eso se bajaban sin razón? —preguntó Ángela.

Xavi demoró en contestar. Jaime dejó de dibujar y miró fijamente a Xavi.

—No, había una razón —le dijo a la carretera de cemento encima de su cabeza—. Las pandillas controlan las vías del ferrocarril. A veces los oficiales de la migra trabajaban con ellos. Estaba oscuro y todavía estábamos en Chiapas o entrando en Oaxaca cuando veinte pandilleros subieron al tren. Exigieron dinero y amenazaban a los que no pagaban. Un muchacho de la edad de Jaime los insultó. Lo agarraron y lo tiraron del tren disparándole en el aire como si fuera una paloma. No creo que lo hayan matado. Me lo imagino al lado de las líneas del tren indefenso, desangrándose.

Ángela dejó de acariciar el pelo de Joaquín y puso su mano sobre el hombro de Xavi.

—No podías hacer nada por él.

—Lo sé, pero él no fue el único. Otro muchacho trató de subirse al tren pero se resbaló y el tren se lo tragó en un instante. Ni siquiera descarriló el vagón —Xavi dejó de mirar la barriga del puente y se viró de lado con una mano sosteniendo su cabeza y la otra aguantando la mano de Ángela—. Me alegro de que vos no hayas estado ahí.

La pandilla le hizo horrores a una muchacha. Oíamos sus gritos por mucho rato. Si hubiéramos tratado de ayudarla nos hubieran hecho lo mismo. Joaquín no paró de temblar por horas. Creo que hace días que no duerme.

El niño ni se movió al escuchar su nombre. Su respiración era profunda como si estuviera durmiendo en un colchón de plumas en un hotel de lujo en vez de debajo de un puente de cemento con una pierna flaca como almohada.

—¿Cómo evitaron a la pandilla ustedes tres? —preguntó Jaime en voz baja sin estar seguro de que quería saber la respuesta. No podía pensar en otra explicación de la seguridad de ellos que no fuera soborno o comprometerse a unirse a la pandilla.

Otra vez Xavi demoró unos segundos en contestar, como si no quisiera revivir lo que había pasado.

— Ayudé a César. ¿Se recuerdan de él en los partidos de fútbol? Él tropezó tratando de subirse al tren pero yo lo pude agarrar y subir. Ya él había estado en los trenes seis veces, pero siempre lo arrestaban más al norte y lo deportaban de regreso a la frontera con Guatemala. Una de esas veces debe de haber hecho amistad con los pandilleros. Yo no lo había notado hasta viajar con él: tiene el tatuaje de un corazón sangrando en la parte de abajo de la muñeca. La pandilla lo dejó tranquilo a él y a nosotros también porque estábamos a su lado. Con la migra él señaló donde otros inmigrantes estaban escondidos a cambio de nuestra seguridad. Yo hubiera deseado saltar del tren en cada parada junto con el resto de la gente.

Ángela levantó la mano de Xavi sin soltarla y la sacudió demostrándole que no la iba a soltar.

—Pero entonces no te hubiéramos vuelto a ver.

Xavi trató de sonreír pero sacudió la cabeza. Tampoco soltó la mano de Ángela.

—En casa jamás me hubiera asociado con un lambiscón como él. Aquí detesto sentirme tan desvalido, como si no tuviera otra opción. ¿Vale la pena ir en contra de tu moral para mantenerte vivo? No lo sé.

Mientras Ángela consolaba a Xavi, Jaime abrió su cuaderno y pasó las páginas. Había dibujos del entierro de Miguel y de la gente en el autobús. De Ángela y Xavi bailando delante de la fogata y los dibujos que había hecho a ciegas en el tren. Los cráneos estaban alargados y las bocas torcidas, flotando, la mitad en los rostros y la otra mitad en el aire al lado de las personas, lo cual las hacía lucir siniestros. Volvió a las primeras páginas que tenían los dibujos de su familia. Estaban mamá, papá, abuela, Miguel, tíos Daniel y Rosario, Rosita con Quico. Él los echaba de menos. Quizás hubiera sido mejor dejar que los Alfas lo reclutaran para poder ver a su familia a diario.

Pero lo hubieran hecho alguien que él no era. ¿Qué hubiera pasado si los Alfas lo hubieran obligado a hacerle daño a alguien que él quería? ¿A Ángela o a otro primo?

Al igual que Xavi, él deseaba que todo este viaje valiera la pena y que no se volviera un extranjero. Se lo debía a su familia.

Ya fuera por el gruñido de Vida o por el chasquido de una pistola que estaban cargando, los cinco se despertaron de golpe de sus acomodaciones de dormir que eran como una camada de cachorros.

Faltaba poco para que amaneciera y la luz del alumbrado público aún estaba brillando en la cueva debajo del puente. Jaime no necesitó pestañear para poder ver a un adolescente con la cabeza afeitada que les apuntaba con una pistola.

—Buenos días —dijo con una sonrisa como si tuviera en sus manos una taza de café en vez de una pistola. Los observó con los ojos rojos que parecía no poder enfocar—. ¿Quién de ustedes nos quiere hacer un favor?

Nadie contestó. Jaime aguantó el aliento. Estaba paralizado. Parecía que era un modelo de barro esperando que un escultor lo moldeara. Aún Miguel no habría sabido qué hacer.

El adolescente calvo se rió y apuntó la pistola a la cabeza de Joaquín.

—¿Y tú, mocoso, no quieres llegar a El Norte? Si tú nos ayudas, nosotros te ayudaremos.

Joaquín se encogió pero mantenía sus ojos fijos en la

pistola al igual que todos. La palabra «ayuda» estaba clavada en Jaime como una pesadilla.

—¿De qué clase de favor estamos hablando? — preguntó Rafa despacio. La pistola lo apuntó inmediatamente.

Jaime se encogió. ¿Cómo era posible que aunque fuera por una sola vez Rafa no se pudiera mantener callado?

—Ah, un voluntario —contestó el tipo con una carcajada como un brujo malvado.

Rafa palideció ligeramente pero trató de lucir tranquilo.

—Solo quería más información.

La pistola subía y bajaba hacia dónde estaba Rafa como para demostrarle lo que era capaz de hacer.

—La información tiene precio.

—Sí, ¿pero si me matas quién te va a hacer el favor? —Rafa cruzó los brazos sobre su pecho.

Santa María, Madre de Dios. Jaime decía la oración mentalmente. Hubiera deseado hacerse la señal de la cruz antes de que Rafa fuera el responsable de la muerte de todos ellos.

Quizás el matón pensó que Rafa tenía razón o pensó que mientras él tuviera la pistola no tenía nada que perder y por eso contestó la pregunta.

—Tenemos algo que queremos que pases por la frontera. Tú haces eso y te ayudamos a cruzar.

Rafa se tocó los pocos pelos que crecían en su barbilla

como si estuviera retando al matón al considerar su oferta.

—Bueno, yo puedo ser el mulero de ustedes.

—Rafa, ¡no! —exclamó Ángela con la boca cerrada. La pistola apuntó hacia ella.

Jaime continuó rezando el Ave María mentalmente aunque estaba seguro de que su corazón había dejado de latir. *No Ángela, por favor, que no sea Ángela.* Él no quería tener que escoger a uno de ellos, pero si tuviera que hacerlo era mejor Rafa que cualquiera de los otros. Él era el que los había metido en este lío. Pero realmente era Rafa el que se había ofrecido de voluntario para sacarlos de este apuro.

—Va a ser divertido —dijo Rafa mientras se paraba. Pero detrás de su aparente aplomo Jaime pudo ver un muchacho asustado que había dejado su casa porque su mamá prefería emborracharse en vez de darle de comer a sus hijos.

—Sí, cómo no, va a ser divertido —sonrió el matón. Agarró a Rafa por el brazo con una mano mientras que con la otra los seguía apuntando—. ¿Algún otro desea divertirse?

Nadie contestó y él se encogió de hombros. Bajó con Rafa de debajo del puente hasta donde otro matón armado lo esperaba con otros «voluntarios».

Jaime dijo mentalmente otra oración, esta vez a San Francisco y a Miguel. *Por favor, cuiden a este muchacho medio loco.*

—Mándenme un mensaje en Facebook cuando lleguen —Rafa dijo adiós con su gorra de pelotero tratando de lucir que estaba tranquilo. Nadie contestó en voz alta pero mentalmente rezaron y se despidieron deseándole lo mejor.

En unos segundo desapareció y Jaime sentía que nunca más lo verían o sabrían de él. Sin embargo, había dejado atrás un gran acto de caballerosidad y dos cajetillas de cigarrillos.

CAPÍTULO DIECISIETE

Les llevó todo el día caminar hasta Huehuetoca. Dejaron Lechería atrás siguiendo las vías del ferrocarril llenas de basura, bolsas plásticas y retazos de ropa a través de municipios y praderas desiertas, pueblos y un par de ranchos.

El día había estado cálido en la mañana pero en la tarde comenzó a lloviznar. Aún así continuaron caminando. Jaime arrastraba los pies muy cansado sin prestar atención de hacia dónde iban excepto que se dirigían al norte, siempre al norte. A veces había botellas plásticas que él y Joaquín pateaban para romper la monotonía. Un zapato de tenis estaba de lado junto a la vía del ferrocarril. Jaime lanzó la pierna y lo pateó con fuerza.

El zapato estaba más pesado de lo que esperaba y no era porque estaba lleno de agua. Pasó por encima de la vía antes de rodar por la pendiente y cuando paró se vio una masa roja y marrón con una barra blanca saliendo del zapato.

El estómago de Jaime se revolvió y el brazo de Xavi voló hacia el lado para evitar que los otros se acercaran. Fue muy tarde. Todos vieron el pie mutilado dentro del zapato.

Vida se deslizó hacia delante para olerlo pero Xavi soltó un silbido recriminatorio y ella volvió al lado de él.

No muy lejos de donde había caído el zapato dos policías de espaldas hacia ellos estaban acurrucados alrededor de algo en la hierba alta que crecía al lado de la vía del ferrocarril.

Xavi les hizo señas para que se alejaran de la vía esquivando los arbustos y el fango para evitar ser vistos. Las voces de los policías les llegaban.

—Muerto. El tren se lo comió.

El estómago de Jaime se revolvió aún más. Hablaban como si el tren estuviera vivo y devorara a las personas…

—¿Quieres que busque los otros pedazos?

…y los escupiera después.

—No es necesario. Perros extraviados y pájaros se harán cargo de los pedazos. Pero toma una fotografía de la cabeza para ponerla en la estación por si alguien pregunta por él. Aunque nadie nunca pregunta.

Ángela agarró a Jaime y a Joaquín por los brazos y los alejó un buen trecho de ahí antes de que vieran algo que no desearan ver. Xavi hizo una pausa para hacerse la señal de la cruz antes de alcanzarlos a ellos.

Jaime se forzó a respirar profundamente.

Después de la noticia de lo sucedido a Miguel, Jaime pensaba que la muerte era lo peor que le podía pasar a alguien, ya fuera que lo mataran a golpes personas que habían sido sus amigos o muriera asfixiado en un monótono tren. Jaime detestaba acordarse de cómo lucía Miguel en el ataúd con la cara distorsionada y grotesca. Por lo menos había estado ahí y sabía cuál había sido el destino de su primo. Pero era aún peor esa persona sin identificar cortada en pedacitos por el tren. Había muerto solo, en un país extraño y su familia nunca sabría lo que le pasó.

Según pasaba el día otros se unieron a ellos: una pareja joven, después un hombre cuya cara lucía que había sido quemada. Un letrero en un edificio semiderrumbado decía que estaban en el pequeño pueblo de Huehuetoca. Pero de acuerdo a los rumores el lugar ideal para subirse al tren era varios kilómetros más al norte.

—Aquí las vías del ferrocarril están en línea recta y el tren pasa como un zumbido —dijo el hombre con la cara quemada—. A la salida del pueblo las vías hacen una curva y el tren disminuye la velocidad.

Demasiado cansado para opinar, Jaime arrastraba los pies detrás de los otros dejando que ellos tomaran las decisiones. Por lo menos había parado de llover. El lugar para esperar al tren era obvio pues había otras personas dispersas entre la maleza y los arbustos alrededor de donde la vía hacía una curva. Diez o quizás doce personas en total. Jaime asintió y saludó con cortesía a cada uno de los viajeros, pero no tenía deseos de entablar conversación. No cuando sabía lo fácil que cualquiera de ellos podía morir. No después de haberle dicho adiós a Rafa. Dentro de poco iba a tener que despedirse de Joaquín y quizás de Xavi aunque este último todavía no había dicho adónde iba.

Durmieron en unos arbustos cerca de la vía y se despertaron temprano. El hombre sin piernas había dicho que el tren para Mexicali pasaría en la mañana pero no había dicho a qué hora. De todas maneras nadie tenía un reloj. Habían dejado la ciudad poblada atrás durante su larga caminata del día anterior y ahora estaban en la pradera con algunos árboles esparcidos y edificaciones aisladas.

Jaime se unió a Xavi para ir al baño entre los arbustos pero Joaquín, como siempre, escogió ir solo. Después de diez minutos el niño no había regresado y Ángela mandó a los otros dos a buscarlo mientras ella se quedó con Vida como protección.

Joaquín no estaba lejos. Jaime lo encontró agachado debajo de un arbusto abrazando sus rodillas contra su pecho. Al lado de él había tierra rayada como si hubiera enterrado lo que había hecho.

—¿Estás bien? —Jaime se agachó a su lado mientras Xavi a unos metros de ahí trataba de identificar plantas que se pudieran comer.

Joaquín no contestó. Solo miraba fijamente entre los arbustos medio conmocionado, medio asustado.

—¿Es tu estómago? —Jaime se preguntaba si el niño había ensuciado sus pantalones. No sería raro y explicaría el bochorno. Era difícil evitar los parásitos cuando comían y bebían lo que pudieran encontrar.

Joaquín sacudió la cabeza que no.

—¿Querés que busque a Ángela?

Joaquín asintió vigorosamente.

—¡Ángela! —gritó Jaime.

Ángela llegó en un segundo con Vida pisándole los talones. Se dejó caer en las rodillas y le puso una mano a Joaquín en el hombro.

—¿Qué te pasa, papi?

Joaquín miró fijamente a Jaime y después a Xavi, que había parado de recoger las hierbas para observar al niño. Jaime comprendió la indirecta aunque no estaba contento con esto. Se alejó caminando con Xavi dejando a los otros dos solos para poder tener privacidad. Él pensaba que Joaquín y él eran amigos aunque Joaquín no hablaba mucho. Se reían juntos, retorcían los ojos cuando Ángela y Xavi se miraban tiernamente, habían competido a ver quien hacía los globos de chicle más grandes. No era justo que confiara más en Ángela que en él.

Ángela regresó en unos minutos con la más fingida expresión en blanco de la cual se pudo armar.

—¿Qué pasó? —Jaime preguntó enseguida. ¿Si Joaquín estaba enfermo valdría la pena llevarlo a un hospital? ¿Lo atenderían aún cuando él no podía pagar? Jaime se había imaginado lo peor que podía pasar en el viaje pero ni una sola vez pensó qué harían si alguien se enfermaba.

Ella acomodó su mochila a sus pies y sacudió su cabeza pretendiendo que no era nada importante.

—No puedo decir.

—Pero soy tu primo. Me puedes contar cualquier cosa.

Ahora su expresión cambió mientras lo miraba fijamente como un niño pequeño malcriado.

—Excepto el secreto de otra persona.

Bien. Pateó un poco de tierra con el zapato. Él suponía que tenía que respetar eso.

—¿Pero por lo menos está él bien?

—No hay nada de qué preocuparse —ella contestó sin mirarlo a los ojos.

Joaquín salió de entre los arbustos unos minutos más tarde sin mirar a nadie. En sus manos tenía unas hierbas largas que estaba entretejiendo con mucha concentración.

En otras palabras no quería que nadie lo molestara. Jaime suspiró y se dijo a sí mismo que por lo menos Joaquín no lucía nada diferente.

Desayunaron en silencio con los huevos crudos que habían conseguido en el mercado porque estaban rajados, varias hierbas que Xavi les aseguró que no eran venenosas y una papaya demasiado madura que dividieron. Su suministro de comida había disminuido a un par de frutas y unos cuantos pedazos de tortilla embarradas en manteca. Jaime había guardado en su mochilas la botella de agua y el turrón que había comprado.

—¿Por qué no venís con nosotros a Ciudad Juárez? —Ángela le sugirió a Joaquín mientras esperaban por su tren. La expresión de preocupación maternal grabada en su cara la hacía lucir mayor de los quince años que tenía—. Podés viajar a través de El Norte hasta San Diego para llegar hasta donde está tu tía. Eso tiene que ser más seguro que viajar solo en el tren. Por fa.

Joaquín miró fijamente hacia sus zapatos. La suela del derecho se doblaba hacia arriba como si estuviera abriendo su boca. Se demoró una eternidad en contestar.

—Esta es la manera que conozco. La manera que prometí ir. Que tengo que seguir.

—Claro —Ángela comprendió—. Pero estando juntos se te hace más fácil continuar.

—Podés confiar en nosotros. Te ayudaremos con lo que

sea —Xavi miró al niño con preocupación. No parecía que él supiera el secreto de Joaquín tampoco.

Joaquín comenzó a llorar.

—Pero de esa manera hay que cruzar un río, ¡y yo no sé nadar! Yo entiendo las cosas aquí. Hablo el idioma. Yo no sé el himno de El Norte —Joaquín miró alrededor hacia los arbustos donde habían tirado basura y después a las vías del ferrocarril—. Yo sé cómo sobrevivir aquí.

Ángela lo envolvió en sus brazos y lo meció hasta que dejó de llorar.

—Vos podés aprender a sobrevivir ahí también. No te preocupés, cariño —ella usó su palabra cariñosa antes de besarlo en la parte de arriba de la cabeza.

Xavi se acercó y puso una mano sobre el niño.

—¿Por qué no dejás que yo vaya contigo? Un lugar es igual que otro para mí.

—¿Dónde está tu familia? —preguntó Jaime. Xavi era el único de ellos que no había compartido sus planes. Sus decisiones habían sido siempre para el momento y no para el futuro.

Xavi señaló hacia arriba, hacia el cielo. Después como si fuera una broma señaló hacia abajo, hacia el infierno. Nadie se rió.

—A mis padres —Xavi no los miró mientras observaba a Vida que estaba tratando de seguirle el rastro a un insecto que zumbaba alrededor de su cabeza —los detuvieron unos oficiales del gobierno hace cinco años. Probablemente fueron ejecutados por desacuerdo con la política. Fue entonces que me fui a vivir con mi abuela. Pero ni aún su brujería me podía mantener seguro.

Ángela extendió su mano para tocarlo pero Xavi se viró aún con la cabeza baja.

—Cuando mataron a mi tía, mis dos tíos y mis primos, tuve que salir huyendo —Xavi sollozó—. Mi abuela en El Salvador es la única familia que me queda. Un día quisiera mandarla a buscar pero no tengo ni idea de cuándo ni cómo pasará.

Jaime sacudió su cabeza sin poderlo creer. Él tenía una familia numerosa en Guatemala que lo quería. Tenía su propio hermano, su propia carne y sangre, esperándolo en Nuevo México. Y, lo más importante, tenía a su prima a su lado todo el tiempo. Xavi no tenía nada de esto.

—Pues debés de ir con ellos. Ellos pueden ser tu familia —Joaquín dijo con voz suave mirándolo desde los brazos de Ángela con los ojos rojos pero con la mirada firme—. Alguien tiene que cuidar de Ángela.

—¡Oye! —exclamó Jaime. Él no era alto y musculoso como Xavi pero podía cuidar a su prima. Aunque quizás no. No si los atacaban las pandillas. No si los matones la obligaban a ser su novia. Quizás Joaquín tenía razón. Él no podía cuidarla a ella como no había podido cuidar a Miguel. Pero al menos moriría en el intento—. Yo creo que vos necesitás a Xavi. No deberías estar solo.

—Los trenes no son un lugar seguro para las muchachas —Joaquín se ahogó al decir esto.

—Son igual de peligrosos para vos —Ángela lo miró seriamente. Joaquín se alejó. ¿Cuál era el secreto que no compartían?

—¿Querés llevarte a Vida? —preguntó Xavi. La perra giró su cabeza y los miró como tratando de comprender por qué estaban hablando de ella.

Joaquín sacudió la cabeza, no.

—Ella es tu perra. Tuya y de Ángela. No quiero que le pase nada. Llegué hasta Arriaga sólo. Sé que puedo seguir.

Había algo más que obstinación dibujado en la cara de Joaquín. ¿Miedo? ¿Preocupación?

—Nosotros podemos seguir —Xavi lo corrigió.

—Xavi, por favor —los ojos de Joaquín se volvieron hacia Ángela—. No quiero que este viaje se lleve a otra mamá.

Su mamá. Esta realización golpeó a Jaime como si un coco le hubiera caído en la cabeza. No era por nada que el niño se aferraba a Ángela, por qué él estaba tan preocupado por ella. ¿Había el niño sido testigo de la muerte de su mamá? ¿Sido testigo sin poder hacer nada? Imaginar la muerte de Miguel había sido demasiado duro pero haberla presenciado hubiera matado a Jaime. Una gran admiración surgió en Jaime hacia el niño con la camisa demasiado grande y el corte de pelo mal hecho.

Xavi miraba a Joaquín y a Ángela como debatiendo qué quería hacer o qué debía hacer. Finalmente asintió.

—Bien, si esto es lo que vos querés.

Joaquín sacudió su barbilla asintiendo pero parecía que estaba a punto de volver a llorar.

—Preferiría que vinieras con nosotros —Ángela colocó las manos en sus hombros y lo miró intensamente otra vez como tratando de decirle algo importante y secreto.

—Yo también —él susurró.

El ruido de un tren que se aproximaba se oía en la distancia. Todos se levantaron y rápidamente abrazaron al niño para despedirlo. Xavi le dio unos pedacitos de tortilla y una de las cajetillas de cigarrillos de Rafa para trueque. Ángela le pasó algo pequeño e indistinguible. Jaime le dio dos de los lápices que había tomado de donde el padre Kevin: —Para protección, por si acaso.

Joaquín los besó a todos como si fueran su familia y se enderezó.

El tren vino hacia ellos negro y echando humo. Como les habían prometido disminuyó la velocidad cuando dobló en la curva. Jaime se agachó y le pasó el brazo por el cuello a Vida para evitar que lo persiguiera mientras Joaquín y Xavi corrían a su encuentro. Otras personas que se escondían entre la hierba y los arbustos salieron de momento. Xavi levantó a Joaquín hasta la escalera que bajaba de un vagón y paró de correr para observarlo. Por un momento

Jaime temió que el tren fuera a destrozar a Joaquín pero él sabía lo que estaba haciendo. El niño se agarró con el codo trancado y subió gateando hasta arriba como un mono. Estaba parado en la parte de arriba y se despidió saludando con la mano. Las otras personas que se habían subido también estaban diciendo adiós. Jaime no quería pensar que dentro de poco él iba a tener que hacer lo mismo.

Observaba al niño de la camisa demasiado grande y fue como si algo cayera en su sitio. Algo que había estado molestando a Jaime aunque no se había dado cuenta de que lo molestaba.

Jaime se quedó mirando el tren sin fin aunque ya no podía ver a su amigo.

—Joaquín no es en realidad un niño, ¿verdad?

Ángela se secó las lágrimas en su hombro y sacudió la cabeza.

—No, ella no lo es.

CAPÍTULO DIECIOCHO

El tren para Ciudad Juárez llegó esa tarde, un rato después. Jaime, agachado al lado de las vías del ferrocarril, movía su peso de un pie al otro. Él nunca se había subido a un tren en movimiento. Nunca se había subido a un vehículo en movimiento. Diferentes escenarios cruzaban por su mente. Lo peor, por supuesto, podía tropezar y el tren se lo tragaría. Podía tropezar y el tren le arrancaría los brazos o las piernas. Podía tropezar y quedarse atrás. No eran solamente historias de horror. Esto les había pasado a personas reales que él había conocido como el hombre sin piernas debajo del puente en Lechería, el papá de un compañero de clase allá en Guatemala, el hombre cuyo pie permanecía dentro del tenis al lado de las vías del ferrocarril alrededor de diez kilómetros de ahí.

Se apretó las correas de su mochila. Cuando Ángela le ofreció unas hierbas para comer las rechazó. No tenía hambre aunque casi no habían comido ese día.

Su tren llegó a la curva igual que hizo el de Joaquín pero la locomotora de éste era gris en vez de negra. Podía ver a la gente ya encima del tren, acostada sobre sus estómagos con los brazos extendidos para ayudar a los recién llegados. Ángela echó un vistazo hacia dónde él estaba y él observó que ella estaba tan nerviosa como él. Ella también se ajustó las correas de su mochila. Eso hizo que él se sintiera mejor. No era débil por estar asustado.

—Yo puedo ayudarlos a subirse. Los puedo alzar hasta la escalera como hice con Joaquín —Xavi ofreció.

Ambos movieron la cabeza, no, aunque Jaime hubiera preferido que Ángela hubiera aceptado la ayuda del muchacho mayor.

Más personas, en su mayoría muchachos mayores que Jaime, también esperaban a lo largo de las vías. Algunos estaban nerviosos, algunos estaban planeando y otros lucían que ya nada les importaba pero que tenían que seguir adelante de todas maneras.

En vez de lucir nervioso Xavi se veía muy seguro de sí mismo. Cruzando su pecho llevaba a Vida en su doble cabestrillo. Ella estaba tranquila observando el tren que se aproximaba con su única oreja alerta.

—¡Ya! —Xavi gritó más alto que el rugido de la

locomotora. Arrancaron a correr a toda velocidad al lado del tren. Jaime echó una ojeada por encima de su hombro a los vagones que se aproximaban teniendo cuidado de no tropezar. La primera escalera era de un vagón tanque con el techo redondo. Sería casi imposible poder llegar hasta arriba y mantener el equilibrio. El próximo vagón no tenía techo. No había manera de saber adónde llegaba en las paredes la carga que transportaba. Un furgón era el próximo con una escalera en cada extremo. Echó una ojeada a Ángela. Ahora o nunca.

Las vías estaban un poco alzadas y la escalera comenzaba un poco más arriba que su cabeza. Mitad brincó y mitad embistió al escalón más bajo. El movimiento tiró bruscamente de los músculos de sus hombros pero estaba aferrado fuertemente con sus piernas colgando peligrosamente cerca de las ruedas.

Tengo. Que. Llegar. Arriba, pensó. Volteó sus piernas y logró poner un talón más cerca al tren en el mismo escalón donde tenía las dos manos. Ahora estaba colgando de dos brazos y una pierna. Lograr subir el resto de su cuerpo parecía imposible. Pero también lo era seguir colgando de esa manera más de unos segundos.

Con un fuerte gruñido se empujó contra el talón de su zapato y logró subir sus caderas. Con un brazo agarrando fuertemente el escalón contra su esternón, pues su vida dependía de esto, logró agarrar el próximo escalón. Ahora podía poner ambos pies en el primer escalón. Sus manos se movieron para agarrar al próximo escalón y después al próximo. Siguió trepando hasta llegar arriba y ya no había más nada que trepar. Ni tampoco nada de qué agarrarse.

Un muchacho se inclinó para ayudarlo pero ya Jaime había podido subir por sí solo. Estaba acostado encima del furgón con los brazos extendidos como abrazándolo. Subió su cabeza y detrás de dos muchachos que estaban parados cerca de él pudo ver a Ángela haciendo lo mismo en el otro extremo del vagón. En el próximo furgón estaba Xavi parado con Vida a sus pies como si estar parado encima de un tren en movimiento fuera lo mismo que estar parado en la tierra.

Se habían subido al tren.

CAPÍTULO DIECINUEVE

El tren atravesó pueblos y ranchos, praderas y montañas. Al ver las montañas Jaime se acordó de lo que Pancho les había dicho. «Habrán otras montañas y otros volcanes. Pero si piensan que cada uno es Tacaná, nunca se sentirán lejos de su hogar».

Su hogar. ¿Cuánto tiempo hacía desde que habían dejado su hogar? ¿Una semana? ¿Dos? Jaime ya no lo podía recordar. Habían pasado muchas cosas. Por el momento, le gustara o no, la parte de arriba del tren era su hogar.

Dos muchachos, Lalo y Víctor, también habitaban la parte de arriba del mismo furgón. Decían que eran hermanos guatemaltecos. Lalo, rechoncho con pelo lacio, no se parecía en nada a Víctor, alto y con pelo muy rizado. Como Rafa, a los dos les gustaba hablar. Lalo con respecto al fútbol; sabía los nombres de todos los jugadores profesionales de Latinoamérica. Mientras que el interés de Víctor estaba centrado en Vida y cómo la habían encontrado.

—¿Muerde? ¿Atacaría a alguien? ¿Lo protege a usted? —Víctor preguntó con sus brazos aguantando su cabeza mientras estaba acostado y le guiñaba un ojo a Ángela, la cual le devolvió el atrevimiento con una mirada furiosa.

—Hasta ahora no ha mordido a nadie —contestó Xavi.

—Pero a ella la usaron en peleas de perros y sabe cómo protegerse —insistió Ángela con una mano sobre Vida. La perra utilizó la oportunidad para acostarse boca arriba dejando al descubierto los puntos para que le acariciaran la barriga. Ángela se inclinó pretendiendo chequearle la herida pero Jaime notó cómo fruncía los ojos y el tono severo con el cual les hablaba. Estos no eran muchachos con los cuáles ella iba a ser maternal.

—Hablando de los que muerden —Jaime se chupó el dedo y borró una línea de lo que estaba pintando encima del furgón con una piedra de tiza que había encontrado al lado de las vías—, ¿Qué piensan ustedes de Luis Suárez?

La conversación cambió de Vida y Ángela al jugador uruguayo de fútbol que era conocido porque usaba sus dientes en los partidos. Después de agotar ese tema, cualquier referencia a Vida o a Ángela había sido olvidada.

Esa noche compartieron parte de su comida limitada con Lalo y Víctor, que solo tenían para compartir una bolsa rancia de papitas y un termo de algo para beber. Víctor se rió cuando los otros tres rehusaron un trago. Su olor semejante a disolvente de pintura fue suficiente para casi hacer que Jaime se mareara. Cuando los otros muchachos se durmieron, roncando muy alto, Jaime, Ángela y Xavi se turnaron para hacer guardia encima del furgón. Xavi continuaba recordándoles las reglas de viajar en los trenes: nunca bajés la guardia, nunca confiés en nadie, nunca mirés para abajo cuando saltés de un vagón para el otro, nunca orinés hacia el viento, y como Ángela había mencionado cuando se estaban cocinando vivos dentro del vagón, nunca te quités los zapatos.

Jaime insistió en hacer la guardia antes del amanecer mientras Ángela y Xavi dormían uno frente al otro con Vida acurrucada entre los dos como una chaperona. Lalo y Víctor continuaban roncando todavía borrachos sin darse cuenta de nada aparentemente. Faltaba una hora para que amaneciera y el cielo comenzaba a cambiar de colores. El frío de la noche aún continuaba haciendo que hubiera frescura en el aire que se respiraba sin los humos del tren que habían permanecido antes. Era un momento perfecto, apacible. Si Miguel pudiera ver el mismo despliegue de colores desde el cielo, Jaime sabía que estaría impresionado.

Jaime se viró sobre su estómago y se desconectó del estruendo del tren para enfocarse en unas vacas que estaban pastando con los terneros a sus lados. Uno no podía tener más de unas pocas horas de nacido por la forma en que sus patas largas iban en diferentes direcciones al tratar de alejarse rápidamente del enorme gusano de hierro.

El tren dejó atrás el ternero en segundos pero Jaime mantuvo el recuerdo en su memoria. En su cuaderno dibujó el ternero con las patas torpes que iba hacia su mamá. Todo estaba tan tranquilo que hacía que este fuera el mejor momento para dibujar. Además el tren se estaba moviendo lentamente de manera que el viento no estaba azotando las páginas de sus manos. Nunca había visto tanto espacio abierto ni tampoco había visto el amanecer tan claramente. Si tuviera sus pinturas. Si pudiera detener este momento para siempre.

Un bostezo grande se escapó de su boca. Se mantuvo acostado sobre su estómago encima del furgón con la nariz pegada a las páginas. Los ojos del ternero eran difíciles de dibujar. Jaime no los había podido ver desde su punto de vista por encima del pasto. Cerró sus ojos un instante para pensar en eso. Él quería que los ojos del ternero reflejaran curiosidad y miedo pero no se acordaba de qué forma eran los ojos. ¿Tenían las vacas los ojos grandes y redondos o tenían ojos como un huevos a su lado? ¿Y qué hay si las vacas ponían huevos? No sería divertido buscar en el vasto rancho huevos frescos de vacas . . .

• • •

—¡Maldición! ¿Jaime, cómo se te ocurre?

Jaime se sentó sobresaltado. El sol ya se había despertado lo mismo que Ángela y Xavi. Miró su dibujo donde su mejilla había emborronado el ternero el cual ahora lucía como una mancha con patas como espaguetis.

—¿Qué pasó? —preguntó

—Te dormiste, genio —Ángela lucía que estaba a punto de pegarle—. Y Lalo y Víctor se han largado. Con nuestras mochilas.

Jaime se paró. El tren se movía de un lado al otro pero ya él se había acostumbrado al movimiento y podía mantener el equilibrio. Miró hacia el frente del vagón y atrás como esperando que las mochilas se hubieran movido de lugar. Pero solo estaban sobre el furgón ellos tres, una perra y su cuaderno que había usado como almohada. El resto del tren se extendía en ambas direcciones. Había algunas personas encaramadas sobre los otros vagones y otras se balanceaban sobre las bisagras entre los vagones listos para una escapada rápida. Era imposible encontrar a Lalo y a Víctor si aún seguían en el tren.

—No... no fue mi intención —Jaime se tocaba los bolsillos del pantalón como si las mochilas se hubieran encogido misteriosamente o de alguna manera estuvieran pegadas a él—. Hacía frío. Yo sólo cerré los ojos por un segundo.

Volvió a buscar otra vez por el furgón. A veces las cosas

lucían invisibles aún cuando estaban delante de los ojos. Su lápiz se había rodado hasta el borde del furgón pero no había ninguna mochila. Se echó el lápiz en el bolsillo antes de que lo fuera a perder también.

—¿Cómo pudiste ser tan estúpido? —Ángela continuó con voz baja y enfadada—. La razón por la cual iba a haber alguien de guardia era para evitar que esto pasara. Pancho nos advirtió de tener mucho cuidado en confiar en las personas. ¿Qué hubiera sucedido si nos hubieran atacado?

—Vida los hubiera mordido —dijo en voz baja nada convincente. Lo último que recordaba era que la perra estaba dormida profundamente entre Xavi y Ángela. Ella se había pasado medio día con estos muchachos. Asumió al igual que él que eran confiables.

—Yo supe que no se podía confiar en ellos en cuanto me di cuenta de que habían mentido al decir que eran guatemaltecos —dijo Ángela.

—¿Cómo lo supiste?

Ángela sacudió su cabeza con enfado: —Se dirigían a nosotros usando usted en vez de vos. Qué fastidio…

Cruzó sus brazos sobre el pecho y maldijo. Estaba en el borde del vagón de espaldas hacia él. Jaime observó cómo sus hombros a veces se sacudían.

—¿Qué tenían en las mochilas además de comida? —preguntó Xavi en una voz que malamente se transportaba con el estruendo del tren.

Ángela maldijo varias veces y se volvió para enfrentarse a ellos mientras usaba sus dedos para contar sus últimas posesiones: —Una blusa limpia, un par de medias y ropa interior. Cepillo de dientes. Los cigarrillos. Unos cuantos pesos para emergencia. Y una foto de mi hermano.

Xavi puso su brazo alrededor de Ángela. Le habían contado sobre Miguel.

La mochila de Jaime contenía las mismas cosas excepto que no tenía pesos y sí tenía su estuche de lápices con lápices de plomo y de colores, un sacapuntas y una goma extra de borrar. También tenía una foto de la familia tomada antes de que Tomás se mudara lejos. Era lo único que tenía de su hermano. Por lo menos el resto de su familia estaba dibujada en el cuaderno a salvo.

—¡Y el estuche tuyo de costura! —Jaime se dio una palmada en la frente al tiempo que se maldecía. ¿Por qué se había quedado dormido? Quería el turno temprano para poder ver los colores antes del amanecer y lo único que había hecho era dibujar un estúpido ternero. Ahora cuando tuvieran que usar parte del dinero que tenían cosido en los pantalones, ¿cómo iban a poder coserlos para que nadie se robara el resto?

Ángela tenía una expresión extraña en su cara y hurgó en su bolsillo del frente. De ahí sacó un pedazo de cartón con agujas, hilo y unas tijeras diminutas. Todo esto cabía en la palma de su mano.

—Ayer corté uno de los puntos de Vida pero pensé que debían permanecer más tiempo. Puse esto en mi bolsillo en vez de en la mochila.

—Tenés suerte —dijo Xavi—. Pueden ser útiles. Podría haber sido peor.

—Claro que sí, hilo y agujas definitivamente nos van a mantener vivos.

Ángela le lanzó una mirada de enojo a Jaime y se volvió para darle la espalda.

Jaime regresó a estar enfurruñado con las rodillas contra su pecho mientras se quitaba la hierba seca de los cordones. Ni siquiera podía sentirse contento de que por los menos todavía tenían los zapatos.

—Lo siento mucho —murmuró.

Vida movió su rabo mientras tenía su cabeza baja como si sintiera que no se había dado cuenta de que los muchachos se escapaban con sus mochilas. Le dio a Jaime un besito en la palma de la mano, lo cual hizo que Jaime casi sonriera.

Xavi puso su mano sobre el hombro de Jaime.

—No te sigás mortificando por esto. Le pudo haber pasado a cualquiera. Yo me quedé dormido por unos minutos durante mi guardia.

—Sí, pero nadie nos robó en ese caso. ¿Qué vamos a comer ahora? —Ángela señaló hacia la vegetación árida. Había desaparecido la vegetación exuberante y los árboles tropicales de frutas de Guatemala y del sur de México. Ahora estaban en praderas donde no se veía ni una vaca, solo parcelas interminables de hierba seca y arbustos esparcidos.

No había quedado mucha comida en las mochilas: una guayaba media aplastada, un aguacate, algunos pedazos de tortilla y el turrón y la botella de agua que Jaime estaba guardando. Malamente era una comida para una persona. Pero por lo menos era algo. Su estómago hizo un ruido.

—Veremos que podemos encontrar la próxima vez que nos bajemos del tren —Xavi les aseguró—. Vamos a estar bien. Dios se ocupa de nosotros.

—Perdoname —volvió a decir Jaime pero Ángela se alejó. No estaba dispuesta a perdonarlo.

Nada de lo que hizo Jaime logró cambiar su estado de ánimo. Se pasó el resto del día burlándose de él y haciéndolo sentir que estaba en el medio. Cuando cambiaron de tren en Torreón ella quería que él se fuera con Vida y la dejara a ella y a Xavi solos por un rato. Xavi, sin embargo, dijo que de ninguna manera. Torreón y el norte de México estaban controlados por un cartel de drogas llamado Los Fuegos. Más que nunca tenían que mantenerse juntos. Jaime le agradeció a Xavi mentalmente que lo apoyara. Pero por otro lado si Xavi no estuviera ahí su prima no lo estaría tratando como si fuera un molesto insecto de frutas.

En Guatemala cuando Ángela se iba con sus amigas

nunca lo había hecho sentir como un niño chiquito. Siempre habían sido iguales aún cuando ella era maternal con él y lo mandaba. Nunca la había visto así. Era como si Lalo y Víctor se hubieran llevado a Ángela también y la hubieran reemplazado con esta extraterrestre.

En Torreón habían estado al acecho de Los Fuegos. Se turnaron para engullir agua de una fuente en el parque. Se habían encontrado un bocadillo a medio comer en la basura. Tenía tanto chile que Jaime pensó que iba a quemar un agujero en su lengua. Detrás de un mercado en el basurero encontraron unos tomates podridos y una bolsa de pan blanco en lascas con un hueco en el plástico donde los ratones habían roído el plástico. Varias veces el espinazo de Vida se erizó mientras aguzaba la cabeza con ruidos desconocidos pero nadie los confrontó.

Cuando volvieron a saltar al tren Ángela parecía estar en mejor estado de ánimo. Por lo menos no le lanzaba miradas de disgusto. Pero ella lo ignoraba mientras que ella y Xavi hablaban en susurros interrumpidos por risitas mientras el tren rodaba fuera de Torreón. ¿Lo abandonaría ella? La posibilidad hizo que casi se sintiera enfermo de miedo.

Observó el sol que se ponía detrás de la montaña. La forma en que el rojo se derretía con los amarillos, los verdes, los violetas parecían que se estiraban hasta los confines del mundo, no lo impresionaron. ¿Cuál era el propósito de este atardecer? ¿O de cualquier atardecer? Y esa montaña tan fea y desnuda no se parecía en nada al Volcán Tacaná en Guatemala. Le quedaba un lápiz pero no quería recordar este momento, ni este lugar desierto donde muy pocas cosas crecían excepto cactus espinoso y escasa hierba, dónde Ángela lo podía dejar en cualquier momento. Su piel se sentía seca y caliente, quemada por el sol abrasador.

Como odiaba el tren, odiaba esta tierra, odiaba este viaje. Quería volver a su casa, darse un baño, comerse todo lo que había en la casa, y dejar que su mamá lo arropara en la hamaca de afuera. Valía la pena enfrentarse a los Alfas a cambio de estar en casa.

Sepultó sus manos en la pelambre de Vida y deseó que Ángela parara las risitas.

—¡Despertate! —gritó Ángela.

Jaime se levantó con una sacudida. Las luces de dos camionetas cortaban la noche oscura al lado del tren que se movía lentamente. Un grito vino del frente del tren y pasó a lo largo de los vagones: —¡Los Fuegos!

Los Fuegos hacían que los Alfas en Guatemala lucieran como insectos molestos. Cuando no estaban entrando drogas de contrabando a los Estados Unidos, atacaban ciudades y trenes, exigían dinero y mataban al que se interpusiera en su camino. Se decía que se grababan en los brazos marcas para tener una cuenta de sus asesinatos.

Cuatro siluetas subieron gateando por las escaleras de los carros del frente y un grito rasgó la noche.

—¡Bájense, bájense! —Xavi insistió. Ocultó a Vida bajo su brazo y señaló la escalera con la mano libre—. Salten lejos de las ruedas.

Jaime se metió el cuaderno en el frente de los pantalones y se tocó el bolsillo para chequear que tenía el único lápiz que le quedaba. Se apresuró bajando por la escalera del furgón. La tierra parecía dura y lejos del último escalón pero no tenía otra opción. Otro grito rasgó la noche. Destellos de metal brillaban de los hombres encima del tren como si estuvieran esgrimiendo espadas o machetes.

Jaime miró de reojo hacia arriba para cerciorarse de que Ángela estaba detrás de él antes de lanzarse a la tierra. Cayó de lado y dio varias vueltas antes de parar. Su hombro y el muslo le dolían a consecuencia del impacto pero no creía que tuviera ningún hueso partido. Miró hacia arriba para ver a Ángela caer en la tierra y un segundo después a Xavi con Vida en los brazos.

—¡Rápido, vámonos! —Xavi se precipitó hacia Ángela y la ayudó a pararse mientras que le hacía señas a Jaime para que corriera.

Eran pocos los árboles que estaban esparcidos a través de la tierra árida. El vacío los hacía parecer como que eran las únicas personas en la tierra. Nada alrededor de ellos podía ofrecerles protección.

—Corran hacia la loma —gritó Xavi.

En la luz de la luna Jaime solo podía distinguir una figura oscura, amenazante en la distancia.

Las luces brillantes de una tercera camioneta giró directamente enfrente de él. El contraste entre la noche oscura segundos antes y los focos era demasiado. Se protegió los ojos y se echó a un lado. El rugido del motor venía de detrás de él.

—Allí está uno de esos bastardos —una voz cacareó detrás de él—. Vamos a ver cuán aprisa puede correr esta mierda.

Jaime corrió más rápido. Su cuaderno cambió de posición y lo pinchaba en el estómago pero no dejó que esto lo parara. Las luces se estaban acercando más. No había manera de que él pudiera correr más aprisa que una camioneta. Era imposible.

Pero podés girar más aprisa, dijo una voz en su cabeza.

Casi podía sentir el calor del motor cuando se precipitó hacia la derecha. Estaba tan cerca de la camioneta que escuchó el silbido del aire cerca de su cabeza y supo que había estado cerca de encontrarse con un bate de pelota o un machete.

Detrás de él la camioneta dio un patinazo y pateó una nube de polvo al tratar de doblar.

Hacia allá, a la izquierda, dijo la voz otra vez.

En el momento sin las luces deslumbrándolo, Jaime

notó un hoyo en la tierra hacia adelante. Corrió con toda su fuerza esperando que la escasa luz de la luna no le estuviera jugando trucos y que las luces de la camioneta no lo enfocaran antes de llegar ahí.

El hoyo era pequeño, probablemente hecho por un coyote o cualquier otro animal. Aún así pateó sus piernas para moverse profundamente adentro dejando solo los hombros y la cabeza expuestos. Escondió su cabeza debajo de los brazos, cerró los ojos y rezó.

Si no los miro no me pueden sentir mirándolos, se repetía mentalmente aunque Miguel siempre se burlaba de él diciendo que era supersticioso. Pero ese truco le había servido sorprendentemente bien cuando pequeño jugando al escondite. *Por favor, Miguel, ayúdame para que funcione ahora también.*

Aún con los ojos apretados fuertemente el cambio en la oscuridad le dijo que las luces estaban pasando sobre él buscándolo, procurándolo. No movió ni un pelo aún cuando la tierra le entraba por la nariz. Pero entonces la camioneta rugió en otra dirección. Se sopló la tierra de la nariz con un estornudo. Era imposible. Las luces habían estado encima de él. Había Miguel…

Pero el pensamiento salió de su mente cuando un grito lo forzó a abrir los ojos y levantar la cabeza.

—¡Ángela! —gritó pero paró temiendo que los hubiera delatado a los dos.

Si esos malcriados se atreven a ponerle un dedo encima... Él sabía por qué todos decían que no era seguro para las muchachas hacer este viaje. Sabía por qué Joaquín había simulado ser un niño. Sabía lo que ellos le harían a su prima si la atrapaban.

—¡Ángela! —era mejor que lo agarraran a él a que la lastimaran a ella.

Se empujó contra la tierra para librarse de su escondite. La tierra suave y arenosa que lo había ayudado a caber en la pequeña guarida de un animal se desmoronó y llenó los vacíos alrededor de él. Mientras más trataba de salirse de ahí, más arena y tierra se colaba y más atrapado se encontraba.

Más gritos llegaban de diferentes direcciones seguidos de las revoluciones de los motores y risas. Jaime trató de virarse en su trampa. Las luces de las tres camionetas se desvanecían. En la distancia una luz uniforme se movía hacia el horizonte. El tren continuaba yendo hacia el norte sin parar.

—¡Ángela! —gritó otra vez. Nada. La noche estaba en silencio con solo el gorjear de los insectos. Una luna a medias y las estrellas daban suficiente luz para mostrar la tierra vacía. Todos los que habían estado en el tren parecían haber desaparecido, o peor. No, él no podía ser el único que quedaba, no.

No me hagas esto, Miguel. Te necesito. La necesito a ella.

Trató de empujarse hacia afuera, despacio, con cuidado. Dando vueltas como un trompo pudo levantar un poco de impulso hasta que todo su pecho estuvo acostado plano sobre la tierra. Extrajo sus piernas y se paró, su pecho se hinchaba tratando de calmar el corazón. Se sacudió la tierra de su ropa.

—¡Ángela! —llamó una vez más. Trató de acordarse de dónde era que habían estado juntos la última vez... no muy lejos de las vías del tren justo antes de que las luces de la camioneta se encendieran y los cegaran. Ahí era dónde se habían separado. Pero dónde cerca de las vías. No tenía manera de saberlo.

Huellas de la camioneta se alineaban en la tierra del desierto pero era difícil verlas en la noche y era imposible saber cuáles iban y cuáles venían.

Dio la vuelta despacio, como si fuera Batman y pudiera ver de noche. Pero no funcionó. No pudo ver nada excepto la sombra oscura de la loma grande. O quizás era un volcán como Tacaná.

Eso era. Xavi había dicho que fueran hacia ahí. Era dónde iban a estar esperándolo.

Jaime fue trotando hacia la figura amenazante. Un par de veces más llamó a Ángela pero no obtuvo respuesta. Quizás el viento se llevaba su voz en la dirección contraria. Quizás ella tenía miedo de que alguno de los matones estuvieran todavía por ahí. Quizás todavía estaba disgustada con él. Sacó ese pensamiento de su mente y siguió trotando.

No había nadie al pie de la loma o por ahí cerca. Ni Ángela ni Xavi con Vida. Se sentó sobre una roca y apretó sus rodillas contra su pecho mientras observaba si había algo que pudiera ser una sombra caminando en esa dirección. Esperó y buscó. Nadie vino. La temperatura comenzó a descender. Durante el día el calor había sido abrasador, aún le dolía la piel por la quemadura del sol. Ahora la noche lo enfrió hasta los huesos. Se haló la camisa sobre las rodillas mientras se mecía para adelante y para atrás. Para mantenerse caliente. Para mantenerse despierto. Para impedir que comenzara a llorar.

¿Y si nadie venía?

¿Y si no volvía a ver jamás a Ángela?

¿Y si él estaba completamente solo?

¿Y si todo esto —las mochilas robadas, la falta de comida y agua, todo este viaje, la muerte de Miguel— era su culpa?

CAPÍTULO VEINTE

Jaime se despertó con el sol. Todavía podía sentir el frío que se había alojado dentro de él pero los rayos del sol ya lo estaban empezando a calentar. Sus piernas estaban rígidas y medio dormidas por haber estado acurrucado debajo de su camisa toda la noche.

Ahora con la claridad pudo absorber el vasto panorama. Los escasos árboles esparcidos parecían arbustos y los arbustos eran crecimientos espinosos rodeados de hierba quebradiza todos en diferentes tonalidades de marrón y color canela debido a la falta de agua. Desde dónde Jaime estaba parado ni siquiera podía ver las vías del ferrocarril.

La única buena noticia era que no había ninguna camioneta ni ningún polvo levantándose. No había ningún lugar dónde Los Fuegos se pudieran estar escondiendo esperando para abalanzarse. Ahora que podía ver tenía que buscar a Ángela. Ella estaba por ahí, en algún lugar. Lo sabía. Al igual que él sabía que ella no estaba... No, ella estaba por ahí. Él sólo tenía que encontrarla.

Encontró huellas de la camioneta y las siguió pero no estaba seguro de que hubieran sido hechas por la camioneta que lo persiguió. Nunca volvió a encontrarse con el hoyo que casi se lo tragó. A veces encontraba pisadas pero estaban demasiado rayadas para que le indicaran algo. Muchas otras personas habían saltado del tren. Pero aún así Jaime no podía ver ninguna evidencia de otra alma.

—¡Ángela! —Se sacó el cuaderno de la cintura y se quitó la camisa y la agitó como una bandera, aunque todavía tenía frío—. ¡Ángela!

Se viró lentamente en un círculo, enfocando en cada detalle que podía ver y escuchando lo más intensamente que podía. Agitó su camisa otra vez y la llamó otra vez.

Y ahí estaba. Un sonido apenas audible. Algo se movió a lo lejos al lado de un arbusto. Un animal, quizás, o una trampa del sol. No importaba. Con la camisa y el cuaderno apretados fuertemente, corrió.

Mientras se acercaba, la figura comenzó a tener forma. Primero negro, después azul, ninguno de estos colores pertenecía a la gama de marrón y color canela del desierto. Un grito le llegó más alto que antes pero ahogado con el viento. Unos segundos más tarde, con los brazo agitados sobre su cabeza, ya no había duda de quién era.

Ángela permaneció sentada pero estiró los brazos hacia él. Él se abalanzó hacia ellos.

—Lo siento, lo siento mucho —no podía contener las lágrimas que surcaban por su cara cubierta de tierra.

Ella lo abrazó y lo besó, y después lo besó y lo abrazó aún más mientras lloraba también.

—Estás aquí. Estás vivo.

—No fue mi intención perder las mochilas —él sollozaba en el hombro de ella—. Y si vos y Xavi quieren estar solos no me importa. Pero no me abandonés.

—¿A quién le importan las mochilas? —le dijo, sacudiéndolo por los brazos—. ¿No me volvás a dejar otra vez, me oís?

—Por favor, perdoname. Miguel no debía de haber muerto —por primera vez dejó que su culpa saliera mientras confesaba—. Si yo no hubiera estado enfermo…

—Entonces vos estarías muerto también y yo no hubiera podido vivir así. La muerte de Miguel no fue tu culpa.

Jaime la abrazó fuertemente. Ella era toda su familia. Lo único que importaba.

Después de un momento se dio cuenta de que algo estaba mal.

—¿Y Xavi? —preguntó mirando a su alrededor.

Ángela sacudió la cabeza.

—No sé. Nos separamos cuando las luces brillaron y nos cegaron.

—Ahora que es de día, él va a venir pronto —Jaime afirmó. En cualquier momento Vida iba a guiar a Xavi hacia ellos. Si Jaime había podido encontrar a Ángela en medio del desierto solamente con sus sentidos y su instinto de familia, Vida podía oler dónde estaban ellos. Ella conocía a su familia también. Eso él lo sabía—. O podemos buscarlo.

—No puedo caminar —dijo Ángela con una mueca de dolor. Parecía que estaba a punto de llorar—. Me lastimé anoche.

Jaime echó un vistazo a sus piernas. Un rasgón grande dejaba al descubierto su muslo izquierdo pero no había señales de ninguna herida. En la otra pierna, sin embargo, en el pedazo de carne que se veía entre el pantalón y la media, su tobillo estaba el doble del tamaño que el otro.

—¿Te duele?

Ella trató de reírse: —Como si tuviera un elefante balanceándose sobre él. No aguanta ningún peso.

Jaime se paró y estiró una mano para ayudarla.

—No sos… —ella comenzó pero lo miró de arriba hacia abajo con el sol detrás de él lanzando una larga silueta diurna—. ¿Cuándo creciste tanto?

Jaime se encogió de hombros y bromeó: —¿El martes pasado?

Ángela esforzó una sonrisa. Le agarró la mano pero en cuanto puso la más mínima presión sobre el tobillo se derrumbó sobre la tierra.

—Tenemos que hacer algún tipo de sostén —dijo el.

—¿Con qué? No tenemos nada.

Jaime miró a su alrededor. Uno de los árboles que parecía un arbusto estaba cerca pero ninguna de sus ramas iba a servir. Demasiado finas. La hierba no era lo suficientemente alta y fuerte como para poderla tejer, se desmoronaba en sus manos en cuanto la agarraba. Sus ojos se fijaron en su cuaderno que estaba echado en la tierra con su camisa. Si él pudiera dibujar unas muletas que cobraran vida para ayudarla...

—¿Todavía tenés tu estuche de coser?

Ángela haló del bolsillo de su pantalón el paquete de agujas, hilo y las diminutas tijeras. Antes de que ella pudiera evitarlo él agarró su cuaderno y le arrancó la cubierta del frente. Las diminutas tijeras no podían cortar el cartón pero él usó una de las cuchillas e hizo una incisión en el medio de cada lado y pudo doblarlo hasta que lo desgarró en dos. Entonces cortó un pedazo del dobladillo de su camisa y chequeó que tía no hubiera cosido dinero ahí. No lo había hecho.

Le quitó el zapato a Ángela pero le dejó la media subiéndosela por la pierna. Ángela se mordió el labio de dolor. Él le acomodó el pie entre las dos mitades de la cubierta y la aseguró fuertemente con las tiras de tela de su camisa. Aflojando los cordones le volvió a colocar el zapato sobre la simulada tobillera. Era lo mejor que podía hacer.

—Se siente mejor —dijo Ángela. Él no sabía si estaba mintiendo o si de verdad estaba funcionando. Ella no había tratado de volverse a parar.

Antes de que tratara un agudo chillido les llegó desde el sur. Una mancha blanca y marrón se lanzó sobre ellos con una sola oreja subiendo y bajando.

—¡Vida!

La perra los saludó con besos babosos mientras Jaime y Ángela la acariciaban y la rascaban. Miraron el horizonte y esperaron.

—¿Vida, dónde está Xavi? —Ángela finalmente le preguntó a la perra.

Vida se acostó con el hocico entre sus patas mirándolos con ojos tristes.

Ángela repitió la pregunta: —¿Dónde está Xavi?

La perra no la miró como si no pudiera aceptar la horrible verdad.

Xavi no iba a venir.

CAPÍTULO VEINTIUNO

—Quizás él y Vida se separaron. Quizás él se volvió a subir al tren —Jaime trataba de consolar a su prima. Pero él no creía nada de lo que estaba diciendo ni tampoco ella. Su instinto le decía que Xavi se había ido, al igual que Miguel, para siempre.

—Yo puedo irlo a buscar si querés —dijo él—. Vida me puede ayudar.

—No, no me dejés —Ángela se colgó de su brazo. Él asintió. Él tampoco quería dejarla. Se paró y miró hacia el horizonte fijamente como había hecho para encontrar a Ángela.

—¡Xavi! —Jaime gritó—. ¡Xavi!

Él hizo una pausa escuchando el silencio que los envolvía. Nada.

—Quizás aparezca.

Pero no.

Finalmente Jaime la abrazó dejándola llorar sobre su hombro como ella había hecho con él.

—Lo siento. A mí también me caía muy bien. Sé cómo te sientes.

Ángela paró de llorar y dijo con sarcasmo: —¿Qué sabés? En unas semanas he perdido un novio y un hermano. Todavía tenés vos a tu hermano.

Sus palabras lo quemaron. Por un momento la rabia y el resentimiento que había sentido ayer volvieron. Entonces se acordó de lo perdido que se había sentido anoche estando solo. Este no era el momento de discutir con ella, no importaba lo heridos que se sentían los dos.

Aún así, Jaime quitó su brazo de alrededor de Ángela para mirarla directamente a los ojos.

—Miguel era como mi hermano gemelo, una parte mía que se fue para siempre. No pensés en ningún momento que yo lo quería menos porque teníamos diferentes padres —Jaime miró hacia el este. El sol había salido completamente y amenazaba con estar más caliente que ayer aunque el frío de anoche aún lo mantenía helado hasta los huesos.

—No conocimos a Xavi por mucho tiempo —él continuó—, pero él siempre estuvo ahí para nosotros como si fuera familia.

Aún había posibilidad de que Xavi volviera, ¿verdad?

Si no encontraban prueba no había seguridad de que se hubiera ido. Jaime recordaba a Miguel en el ataúd. A pesar de lo horrible que lucía no había duda de su muerte. Con Xavi no había seguridad de nada. No sabía si esto era peor.

—Pero anoche cuando pensé que no te volvería a ver no sabía si iba a poder seguir. Aún con Miguel ayudándome como yo creo que hizo anoche, yo no puedo hacer este viaje sin ti.

Ángela se desplomó en sus brazos. No habían tenido nada para tomar desde ayer y aún así parecía que su cuerpo tenía una reserva sin fin de lágrimas. Después de varios minutos su respiración era más como un ahogo.

—Es que... estoy muy asustada.

—Lo sé. Yo también.

Cerró los ojos y respiró profundamente.

—Anoche casi ni sentí el dolor en el tobillo. Estaba preocupada de que no te volvería a ver.

—Casi no me volvés a ver —le contó acerca de la camioneta que lo perseguía y de la guarida de un animal donde se había quedado atrapado. Ella le contó cómo se había torcido el tobillo en una guarida de conejo y como se había quedado acostada tiesa en la tierra rezando para que los arbustos y la escasa hierba la escondieran si las camionetas regresaban.

Ángela arrancó un puñado de la hierba frágil y después la tiró a un lado.

—Voy a terminar como mi tía, malamente pudiendo trabajar y dependiendo de los otros para que se ocupen de mí.

Jaime apretó los labios. Su mamá cojeaba pero no estaba incapacitada.

—Mamá no depende de nadie. Ella se ocupa de sí misma y de todos los demás. Vos bien lo sabés —¿Cómo se atrevía Ángela a sugerir que ser como su mamá era algo de lo cual había que avergonzarse, que ella era menos que los demás porque no podía correr bien, cuando ella había criado a Ángela como si hubiera sido su propia hija?—. Dejá de comportarte como si tu vida fuera una telenovela.

Ángela miró fijamente la tierra polvorienta y después al vasto horizonte.

—Yo creo que debemos regresar.

Con ningunas señales de civilización en medio de los escasos arbustos, ni siquiera una vaca pastando o un conejo buscando un bocado, Ángela finalmente había dicho algo con sentido común.

—Claro. Las vías del ferrocarril son la mejor manera de llevarnos hacia el norte.

—No. A casa, a Guatemala.

—¿Qué? —Jaime saltó y se puso de pie, observando con enojo a su prima. Una cosa era tener estos pensamientos, ¿pero decirlos en alta voz?

Ángela abrazó la rodilla de su pierna buena y se la llevó al pecho.

—Estoy cansada de estar asustada todo el tiempo. Echo de menos a mis padres y a abuela. Quiero andar con mis amigas. Quiero darme un baño y comer con regularidad. Quiero que las cosas vuelvan a estar como estaban antes.

Más que nada él deseaba lo mismo. Odiaba que aún aquí, a miles de kilómetros los Alfas, siguieran controlando sus vidas. Se arrodilló al lado de ella y dijo: —Vos sabés que no podemos regresar. Las cosas nunca van a volver a ser como antes.

—Pero por lo menos van a ser mejores que aquí en el quinto demonio —dijo levantando la cabeza. Sus ojos oscuros se habían vuelto salvajes—. He estado pensando. No es tan difícil. Nos entregamos a la migra y nos montan en una camioneta de regreso a casa.

Jaime no creía lo que estaba escuchando. Ésta no era Ángela. Ángela se ocupaba de todo el mundo. Le decía a todos lo que tenían que hacer y cómo lo tenían que hacer. Pero no era alguien que se diera por vencida.

Ellos habían visto cómo la migra trató a la señora salvadoreña en el autobús. ¿Y lo que no habían visto? No había garantía de que la migra la hubiera llevado de regreso a la frontera de México con Guatemala.

—Pero los Alfas —le recordó—. Ellos de seguro nos van a hacer pagar por habernos escapado. Si mataron a Miguel por rehusar unirse a ellos, ¿qué nos harían a nosotros?

Ángela tragó en seco y se viró.

—Quizás no sea tan malo. Manny Boy está en la pandilla y nosotros fuimos amigos. Quizás . . . quizás, pueda suavizar los golpes.

¿Manny Boy? Jaime se tragó un resoplo. Ay, por favor. Él se acordaba de cuando Ángela y él habían sido «amigos». Tenían ocho años y Manny Boy la perseguía por el patio de la escuela tratando de besarla mientras Ángela gritaba para que parara. Realmente gritaba, no eran gritos en broma como si estuvieran jugando. Jaime no quería pensar cómo Manny Boy se portaría ahora.

—No podemos regresar a casa. Vos lo sabés —dijo él. Una nueva determinación surgió en su cuerpo. Iban a continuar o a morir en el intento. No se iban a dar por vencidos. Normalmente él estaba contento de que fuera ella la que tomara las decisiones, pero esta era una decisión que no iba a dejar que ella tomara. Era el momento de ser fuerte y valiente como Miguel—. Yo también echo de menos la familia y es por ellos que tenemos que seguir adelante. ¿Qué diría tu papá si vos te unís a la pandilla que mató a tu hermano?

Ángela no lo miró.

Él le levantó la barbilla para mirarla a los ojos. Tenía que hacerla comprender.

—Si no lo logramos entonces Miguel murió en vano.

Ángela sacudió la cabeza.

—Pero es imposible. No puedo caminar. Yo no me puedo volver a subir al tren.

Jaime cruzó los brazos sobre su pecho y usó la misma mirada de enojo que las madres de ambos habían heredado de abuela.

—¿Pero vos creés que podés caminar hasta una estación de la migra? No hay nada aquí. Estamos en el desierto de Chihuahua. Nadie nos va a encontrar hasta que nuestros huesos estén blanqueados por el sol. Y no voy a permitir que eso pase.

—Pero…

—Pero nada —ahora comprendía que él no hubiera podido salvar a Miguel. Pero mientras sus corazones latieran, él no la iba a abandonar a Ángela—. Vos no siempre podés estar a cargo. Ahora yo soy el jefe y te voy a cuidar. Yo te voy a ayudar y vamos a continuar yendo hacia El Norte aunque te tenga que cargar en la espalda como un burro.

Los hombros de Ángela se cayeron al soltar un largo suspiro. Finalmente asintió.

—Vamos. Volvamos a las vías del ferrocarril.

Jaime se paró primero y le extendió una mano a su prima. Ángela se levantó despacio pero frunció los ojos con dolor en cuanto se apoyó en el tobillo. Esta vez no se dio por vencida ni se dejó caer en la tierra. Jaime le puso el brazo alrededor de su cintura para ofrecerle apoyo.

Parándose en la bola del pie Ángela se tambaleaba un poco. Sin Jaime, lo único que hubiera podido hacer hubiera sido saltar en un pie.

Les llevó una eternidad llegar a las vías del ferrocarril. Mientras Vida trotaba delante de ellos con las patas casi sin tocar las vías, Jaime hacía un esfuerzo para no mostrar lo cansado que estaba. No la podía dejar caer. Ángela no se quejó ni una sola vez, solo hacía lo que él decía. Miguel hubiera estado orgulloso de los dos.

Cojeaban hacia delante mientras se mantenían alertos por si venía el próximo tren. Podía ser en unos minutos o en varios días. Si llegaba en unos minutos, sería imposible subirse a él, y si llegaba en varios días podían estar muertos.

Mientras caminaban, él buscaba algo que los ayudara a sobrevivir en el semidesierto. No tenía el olfato de Vida, el aire fresco sin contaminación era más una ausencia de olores que una fragancia. Obviamente no había agua cerca. Él supuso que si la hubiera habría grupos de árboles y tonalidades más verdes de marrón amontonados alrededor de la fuente de agua. Quizás hasta el olor a humedad. Sin embargo la nariz le ardía por la insolación y el polvo.

Había varias plantas al lado de los parches de hierba, de los arbustos y de los cactus espinosos. Plantas con pequeñas flores violetas, y otras con montones de espinas con un tallo con flores surgiendo del centro, pero él no tenía ni idea de si eran comibles. Ninguna lucía apetitosa en lo más mínimo. A veces una botella plástica de agua estaba cerca de las vías, sucia, rajada y totalmente seca.

Y no había ningún refugio donde pudieran descansar y escapar del sol abrasador.

—Seguiremos las vías del ferrocarril —dijo Jaime para romper el silencio y para lucir optimista—. Quizás haya una curva donde el tren tiene que disminuir la velocidad lo suficiente como para poder saltar encima.

Pero él realmente no veía cómo eso iba a ser posible. Su determinación de lograrlo o morir se desvaneció. Aunque el tren disminuyera la velocidad como si gateara, para Ángela subir la escalera hasta la parte de arriba de un furgón con una sola pierna iba a requerir que usara mucha fuerza con los brazos. Y no quería ni pensar cómo se bajarían del tren si Los Fuegos regresaban.

El sol intenso siguió batiéndolos. Era pasado el mediodía cuando vieron un camino de tierra con surcos que cruzaba sobre las vías. Vida recogió su lengua que prácticamente le arrastraba sobre la tierra mientras su nariz se torció hacia el camino. Jaime pateó el polvo bajo sus zapatos y parpadeó con sus adoloridos ojos. ¿Era eso...? En la distancia a lo lejos podía ver una estructura. El calor seco evaporaba casi todo su sudor pero las gotas rodaban por su frente y empapaban las áreas donde los brazos de los dos se cruzaban. Manchas blancas de sal aparecían en sus axilas. Tenía tanta sed que estaba sorprendido de que todavía pudiera sudar.

—¿Es una casa o me están gastando bromas los ojos? —Ángela miró de reojo el camino polvoriento mientras jadeaba.

—Es una casa —afirmó él—. Vamos a acercarnos a ver si hay agua.

Se recostó en él para recobrar el aliento: —¿Y si es el cuartel de Los Fuegos?

Jaime se pasó la lengua por sus labios cuarteados y respiró profundamente.

—Pues entonces recemos para que estén durmiendo y hayan dejado las llaves en la camioneta.

Era un chiste, pero era mejor pensar eso que la verdad de la realidad. No tenían otra opción. No podían sobrevivir una hora más bajo este sol.

Arrastraron los pies hacia la casa que gradualmente comenzó a estar más cerca. Era una casa rodante afincada firmemente en la tierra con un portal de madera añadido y cuatro veces el tamaño de la casa de dos habitaciones de Jaime. Había una camioneta estacionada al frente pero en vez de estar brillosa y con gomas demasiado grandes como las que Los Fuegos conducían, ésta estaba abollada y rayada como resultado de muchos años de uso para trabajar en el campo. Jaime no se acercó lo suficiente como para chequear si las llaves estaban en el arranque.

Un corral para las vacas estaba a una distancia de medio campo de fútbol de la puerta de entrada. En el lado más cerca de la maltrecha camioneta estaba un bebedero de metal para el ganado. Agua.

Jaime pisó una hilera de alambre de púas y ayudó a Ángela a cruzar por el espacio sin engancharse antes de que él se agachara para pasar. Por unos segundos miraron fijamente el bebedero a medio llenar. Una ojeada rápida les confirmó que no había ninguna espita de agua. De color verde baboso y con el zumbar de las moscas el agua olía tan apetitosa como el alcantarillado. Aún así era mejor que nada. Vida no titubeó en lamer el agua fangosa que se había salido por debajo.

—¿Qué están haciendo ustedes dos? ¡Salgan de aquí!

Una mujer delgada apareció en la puerta de entrada unos segundos antes de que lanzaran sus manos en el agua. Cargaba un largo rifle de caza.

—Con permiso, jefa —Jaime usó la palabra de respeto que sabía que les gustaba a los mexicanos—. ¿Pudiéramos beber un poco del agua de sus vacas? Llevamos horas caminando y no tenemos nada que beber.

—Nos vamos en un segundo y no la volvemos a molestar —añadió Ángela mientras saltaba sobre un pie para mantener el equilibrio.

Desde dentro de la casa se oyó a un bebé que lloraba. La mujer gruñó al escucharlo y bajó el rifle.

—Vengan aquí que les traigo agua limpia. Esa agua ahí no sirve ni para las vacas. Llevo meses diciéndole a mi marido que limpie ese bebedero.

Cojearon hacia el portal de madera y subieron con esfuerzo los dos escalones demasiado cansados y sedientos para ser cautelosos.

Se sentaron en el portal techado no deseando entrometerse en la casa. El llanto venía no de uno sino de dos bebés que se acababan de despertar. La mujer estaba indecisa entre dejar el rifle o atender a los mellizos. Aún así puso una jarra llena de agua y vasos, seguidos por un plato de galletas con crema de vainilla y unos calmantes para Ángela antes de regresar a los bebés escandalosos. Vaciaron la jarra y devoraron las galletas en unos segundos. Una punzada en el estómago de Jaime le indicó que no debía de haber ingerido tanto tan de prisa.

Debemos irnos, pensó Jaime. Pero se sentía tan bien sentado en la silla plegable, masajeando su estómago fuera del alcance del sol caliente. Si se atreviera a quitarse los zapatos estaría totalmente feliz.

—Gracias por su hospitalidad —dijo hacia dentro de la casa mientras Ángela se tragaba los calmantes—. ¿Podemos pagarle de alguna manera?

—Sí —Ángela estuvo de acuerdo. Ella tampoco tenía deseos de irse—. Yo puedo cambiarle los pañales a los bebés y jugar con ellos si usted quiere.

La mujer volvió a aparecer balanceando en sus caderas a los mellizos que lloraban. Ella miró atentamente a Jaime y a Ángela como si estuviera tratando de jugarle una mala pasada pero al fin asintió: —¿Cuán bueno eres con un martillo, chico?

Jaime se enderezó tratando de lucir importante y confiable. Cualquier fatiga que sentía la escondió en su entusiasmo.

—Ayudé a mi papá a arreglar el techo el año pasado.

La mujer usó su barbilla para señalar el corral de las vacas frente a la casa.

—Ese portón se está cayendo y mi marido no ha tenido tiempo para arreglarlo.

—¿Tiene algunas herramientas? —preguntó Jaime.

La mujer le entregó un martillo y una bolsa de papel con clavos antes de encararse a Ángela. —Chica, ve y límpiate antes de atender a mis bebés. Hay suficiente jabón en el baño. Tú, chico, puedes hacer lo mismo una vez que termines afuera.

Él no era un carpintero ni un ingeniero y le llevó el doble del tiempo de lo que hubiera tardado alguien que supiera lo que estaba haciendo, pero al fin logró arreglar el portón. La mujer, señora Pérez, como les dijo que la llamaran, no le importó el tiempo que le demoró y tenía otra encomienda para cuando terminara.

Se pasaron el resto del día haciendo diferentes trabajos alrededor de la casa del rancho. Jaime no solamente arregló el portón sino que le puso tachuelas al papel de techo encima del gallinero y limpió el agua asquerosa del bebedero de las vacas. El olor hizo que se le revolvieran los intestinos. Por suerte no se habían tenido que tomar esa agua.

Ángela también estuvo ocupada cambiando los pañales de los mellizos, poniéndolos a dormir y lavando sus pañales. Hasta Vida hizo su parte cazando un conejo que fue para el guisado.

El pensamiento de que la señora Pérez los iba a mantener como sus esclavos cruzó la mente de Jaime. Era posible. Habían hecho mucho más trabajo de lo que valían las galletas y el agua y ella nunca los alabó. De todas maneras, no le importaba mucho. Era bueno sentirse útil y no estar huyendo. Como que él valía algo.

Cuando el sol se estaba poniendo la señora Pérez les dio de comer pan hecho en la casa bañado con mantequilla y el guisado de conejo. Era la comida más saludable, apetitosa y con mejor sabor que ellos habían comido durante todo el viaje. ¿Para qué necesitaban continuar viajando? Demoraba mucho. De seguro esta mujer los dejaría quedarse y trabajar para ella a cambio de casa y comida. No hablaba mucho pero parecía justa y quizás hasta un poco amable.

El piso crujía debajo de ellos mientras fregaban los platos pero el resto de la cocina de la señora Pérez era elaborada. Tenía una nevera tan alta como Jaime y hasta un horno de microondas. Al lado de la cocina habían sofás que se veían muy usados pero cómodos y un televisor con una combinación de video y DVD. Por el pasillo había dos dormitorios y un baño dentro de la casa. Él nunca había estado en una casa rodante pues no eran seguras en Guatemala con los huracanes y no tenía idea de cuán cómodas eran. También ayudaba que las paredes estaban cubiertas con fotos de los mellizos y del resto de la familia. Se sentía como un hogar.

Mientras la señora Pérez les daba los biberones a los mellizos miró alrededor de la casa limpia y las estructuras de afuera que estaban arregladas. Su cara se relajó con una sonrisa.

—Me alegro de que hayan venido. Uno oye todos esos cuentos sobre los inmigrantes que roban y hasta matan a los residentes.

—Nosotros escuchamos lo mismo sobre las personas de aquí —una sonrisa triste cruzó el rostro de Ángela mientras le daba una última pasada a los mostradores. Al igual que ella, Jaime aún no podía aceptar que Xavi se hubiera ido.

La señora Pérez les entregó los dos pomos para fregarlos y cargó a los dos bebés. Estaba parada meciéndolos con la boca torcida como si estuviera decidiendo algo. Después de varios minutos respiró profundamente.

—Necesito recoger a mi marido cerca de Ciudad Juárez. Él transportó un grupo de terneros hasta El Norte y tiene que devolver el vehículo a otro ranchero. Es un viaje de alrededor de tres horas. ¿Quieren que los deje en algún lugar en el camino? Asumo que están tratando de cruzar.

—¡Gracias! —contestaron los dos. No podían creer su buena suerte. Era mucho más de lo que podían haber esperado. No más trenes. No más tener que viajar a través de México. De Ciudad Juárez podían ver los Estados Unidos. Ahora solo tenían que cruzar la frontera para llegar a Tomás.

CAPÍTULO VEINTIDÓS

Excepto que cruzar para los Estados Unidos iba a ser más difícil que todo lo que habían pasado en México. La señora Pérez se los dijo. En Guatemala, todos incluyendo la familia, los amigos y los reporteros estaban de acuerdo.

Era de noche cuando la señora Pérez los dejó en el campamento de inmigrantes en las afueras de Ciudad Juárez. Por lo que podían ver en la oscuridad, láminas de metal unidas de manera precaria formaban las estructuras del campamento. La basura cubría la tierra. Su rifle estaba listo junto a las velocidades.

—No quiero dejarlos aquí —dijo ella. Agarró la puerta y volvió a darle a los pestillos aunque ya lo había hecho hacía quince minutos.

—Estaba en el mapa —Jaime ojeó su cuaderno para

estar seguro. Podía sentir la vibración de los gruñidos de Vida debajo de su brazo—. El mapa con refugios para los inmigrantes.

—¿Usted conoce un lugar mejor? —Ángela se pasó la lengua por sus labios resecos y cuarteados.

La señora Pérez sacudió la cabeza.

—Yo vivo en un rancho en el desierto. No recibo visitas.

Jaime y Ángela se comunicaron con una mirada silenciosa. Al igual que en la mayor parte de su viaje, no tenían otra alternativa. Ángela le quitó el seguro a la puerta mientras Jaime besaba a su chofer.

—No lo hubiéramos podido hacer sin su ayuda, en serio —él dijo mientras se deslizaba por el asiento para salir.

—Le debemos nuestras vidas —Ángela estaba de acuerdo mientras colocaba a Vida en la tierra.

—Qué Dios los bendiga.

Ellos tiraron la puerta para cerrarla y en un instante se oyó el chasquido de los pestillos. Desde la cabina estrecha detrás de los asientos delanteros se oía a los mellizos llorar.

En cuanto la señora Pérez se alejó manejando por el camino polvoriento hacia la carretera, la gente comenzó a gatear saliendo de las estructuras mal hechas como cucarachas. Hombres jóvenes con abultados músculos y ojos rojos, viejos con pechos como barriles y sonrisas nada confiables, todos ofreciendo llevarlos hasta El Norte. Todos prometiendo que eran los más confiables, eficientes y baratos.

Los pelos de Vida se pararon mientras gruñía a cada hombre que presentaba su oferta para cruzar la frontera.

—Dos mil quinientos dólares.

—Treinta y dos mil pesos.

—Cinco mil dólares por persona y garantizo su seguridad.

Jaime y Ángela le informaron a cada persona que ofreció sus servicios que lo pensarían. Era imposible escoger a uno. No sabían en quién confiar y a Vida no le gustaba ninguno. Jaime se acordaba de lo que Xavi había dicho después de conocer a El Gordo, que los ignorantes pagaban más. Pero aún con los diferentes precios que les habían presentado, cada uno de los contrabandistas, o coyotes como los llamaban, querían mucho más dinero del que tía Rosario les había cosido en los pantalones, aún incluyendo el dinero que no le habían pagado a Santos allá en Lechería.

—Llamen a sus padres. Pídanle que giren el dinero —sugirió un coyote. Jaime no tuvo que mirar a Ángela para saber que esa no era una opción. Sus padres ya habían conseguido prestado todo el dinero que podían para traerlos hasta aquí. Además, para poder reclamar cualquier dinero que le mandaran necesitaban identificación. Algo que ellos no tenían.

—Pídanle a sus padres que me manden el dinero directamente a mí —dijo otro coyote que era bajito y enclenque como Pulguita, él que había sido amigo de Jaime allá en Guatemala. Jaime tenía el presentimiento de que si le mandaban dinero a este coyote no lo volverían a ver jamás.

Un hombre les gritó que como eran dos, él solamente les cobraría mil dólares por cada uno para llevarlos hasta la frontera. Pero no para ayudarlos a cruzar.

La respuesta a esa oferta fue tajante: «No, gracias». Ya estaban en la frontera. No le iban a pagar a alguien para que los llevara unos kilómetros más arriba o abajo a un lugar distinto. Especialmente cuando cruzar, dondequiera que estuvieran, era la parte más peligrosa.

—Niños, niños, dejen que estos pobres enanos se acomoden —un muchacho alto pero no mucho mayor que Jaime surgió del estrecho camino del campamento de inmigrantes con pesadas botas de combate. Los coyotes desaparecieron entre las chozas que se estaban cayendo y la basura arrojada tan rápidamente como habían aparecido. Aunque el muchacho estaba vestido con pantalones de camuflaje, camisa y una gorra y tenía una pistola descansando sobre su cadera, Jaime sabía que no era un miembro juvenil de la policía. Solo un tipo de persona hacía que los maleantes se desaparecieran tan rápidamente y no era la policía. Este muchacho era miembro de la pandilla que controlaba el campamento de inmigrantes.

—Les voy a enseñar dónde se pueden quedar —gruñó el muchacho. Su voz sonaba como que le había cambiado hacía unas semanas y todavía se estaba acostumbrando al nuevo sonido.

No les quedaba más remedio que dejar el camino de tierra donde la señora Pérez los había dejado y seguirlo. Vida estaba a sus pies, con el pelo parado, moviendo su nariz y con su oreja alerta hacia una dirección y hacia la otra. Por lo menos no estaba gruñendo más. Aún así los hombros encogidos de Jaime no se relajaron.

El muchacho los dejó en una choza más bien hecha de cartón que de metal. Siete personas estaban apiñadas adentro. Cuando Jaime le preguntó a Ángela si creía que estaban seguros quedándose ahí, recibió una carcajada de todos los habitantes.

—La migra no viene aquí si eso es lo que quieres decir —dijo un mexicano con una cabeza que parecía que un yunque se la había aplastado—. Pero es porque esta área le pertenece a los Diamantes.

Otro mexicano con una nariz que parecía que se le había partido más de una vez continuó: —Los coyotes le pagan a la pandilla una porción de la tarifa para cruzar para que les permitan hacer negocio con nosotros. Los jóvenes Diamantes vienen todo el tiempo para vender drogas pero aparte de eso nos dejan tranquilos. Mientras no les causes problemas.

Jaime y Ángela se miraron. Ni por un segundo pensaron que los Diamantes los iban a dejar tranquilos por mucho tiempo. Tenían que buscar la manera de cruzar y rápido.

Como Ángela no dijo nada, Jaime respiró profundamente y preguntó él mismo: —¿Cuál de estos coyotes vale la pena?

—Ninguno de ellos —contestaron dos o tres a la vez.

—Yo llevo aquí cuatro semanas —dijo un hombre con barba canosa y acento suramericano—. Y parece que la mitad de las personas que estos lerdos cruzan son atrapados del otro lado. Los otros aparecen flotando por el río con un tiro en la cabeza. Si pueden, vayan con Conejo.

—Es el más barato de los buenos —asintió un salvadoreño—. Yo le pagué a otro coyote solo para terminar de vuelta aquí mismo medio muerto de deshidratación y más pobre que la basura. Hubiera deseado haber guardado más dinero y haberle pagado a Conejo el precio más alto primero. Los clientes de Conejo no son atrapados ni regresan con tanta frecuencia como los otros.

—Es porque los matan o mueren tratando de cruzar —dijo otro hombre que venía del sur, Nicaragua, o quizás Panamá.

—¡No! —el salvadoreño golpeó el puño en el piso de tierra—. No regresan porque Conejo es bueno.

—¿Cuánto cobra? —preguntó una guatemalteca.

—¿Y cuánto te paga para que le hagas propaganda? —preguntó el otro hombre.

El salvadoreño parecía que estaba dispuesto a atacar al hombre cínico.

—Por eso espero que tu cadáver se pudra en el desierto. El joven preguntó quién era el mejor y yo le estoy contestando, desgraciado. Él cobra dos mil cien dólares y eso incluye el transporte a la casa segura del otro lado. No acepta pesos.

Ángela y Jaime se miraron mientras se apiñaban en su esquina de cartón con Vida en estado de alerta. No podían creer cuánto dinero era esto por el trabajo de una noche cuando sus padres tenían que trabajar todo un año para ganar esa cantidad. Pero de todas maneras, ¿qué otra opción tenían? Ir con alguien más barato y con menos reputación les podía costar la vida. En unísono, ambos suspiraron. Este Conejo parecía mejor que los otros.

—Lo podemos buscar en la mañana —Jaime susurró. Quizás, solo quizás, el salvadoreño estaba equivocado con respecto a la tarifa. Porque si de verdad esto era lo que Conejo cobraba jamás podrían conseguir el dinero extra.

Al contrario de los coyotes sospechosos del campamento de inmigrantes, Conejo no estaba al acecho buscando negocio. Los clientes iban a él.

Jaime y Ángela durmieron hasta tarde en la mañana y esperaron a que fuera por la tarde para seguir las instrucciones que el salvadoreño les había dado para ir a buscar a Conejo. El tobillo de Ángela estaba mejor, pero aún cojeaba. Cruzaron barrios con paredes ruinosas donde sentían ojos observándolos a través de ventanas semicerradas, callejones oscuros donde hombres sin techo rogaban que les dieran cualquier moneda que les sobrara y calles llenas de basura con muchachas con muy poca ropa y expresiones vacías en sus rostros. Desde una entrada oscura un hombre fue hacia ellos con un puñal, pero Vida enseñó sus dientes con un profundo gruñido que hizo que el hombre se echara para atrás.

Encontraron a Conejo comiendo maní y jugando billar contra él mismo en una cantina al aire libre como había dicho el salvadoreño. Enseguida comprendieron por qué al hombre lo llamaban Conejo. Los dos dientes delanteros sobresalían de sus gruesos labios. Su cara era larga, su cuerpo era pequeño y sus piernas delgadas. Era un poco nervioso como un conejo y al más leve movimiento se congelaba para mirar en las todas la direcciones. Su pelo negro, que le llegaba a los hombros, le cubría las orejas pero Jaime se preguntaba si eran grandes y nerviosas también.

—Dos mil doscientos dólares cada uno —dijo de espaldas hacia ellos antes de que se acercaran a él.

El fino aire del desierto hizo que Jaime se esforzara para respirar más oxígeno. Eso era cien dólares más de lo que les habían dicho la noche anterior. Por cada uno. Más vale que se buscaran a otro contrabandista porque era imposible que lo pudieran costear.

Jaime tocó a Ángela para irse pero su prima se cruzó de brazos. Se mantuvo firme con una determinación que Jaime no le había visto desde que Xavi había desaparecido.

—Dos mil dólares por cada uno ya que somos dos.

Conejo agarró la próxima bola antes de que su nariz se torciera y se viró de un tirón hacia Vida: —¿Ésa cosa va también?

—Claro —afirmó Ángela.

—¿Van a pagar por la tarifa de ella para cruzar?

Ángela echó los hombros hacia atrás y miró ferozmente los ojos ámbar del hombre conejo.

—Ella se paga su propio pasaje alertándonos si hay alguien cerca.

Conejo tiró un maní a la tierra. Vida miró la comida y después a Ángela como esperando que le dieran permiso para comerlo. Ángela asintió antes de que Vida lo engullera con un crujido. Conejo alzó las cejas impresionado.

—Dos mil doscientos dólares por cada uno y la perra va de gratis.

Jaime y Ángela se miraron. Ángela asintió antes de mirar a Vida. Jaime suspiró y asintió. Ir con Conejo parecía la mejor opción. Y estaba el hecho de que este era el primer coyote que habían conocido que le gustaba a Vida.

—¿Tenemos su garantía? —Jaime estiró su mano como los hombres de negocio hacían en la tele para sellar un trato—. ¿Dos mil doscientos cada uno?

Conejo agarró su mano y la apretó fuertemente sin quitarle la mirada de encima—. Estén de vuelta a las diez en punto cualquier noche excepto los domingos. Con el dinero.

Le tiró a Vida otro maní y siguió con su juego en el cual guardó dos pelotas con un solo tiro.

—Quizás debamos llamar a Tomás. Él puede venir y escondernos en su auto para regresar —dijo Jaime a la mañana siguiente mientras caminaban por las calles de Ciudad Juárez con Vida en sus talones. Se habían pasado la mitad de la noche tratando de pensar en diferentes maneras de ganar el dinero extra para Conejo.

El área del centro, a una hora caminando del campamento, lucía un lugar prometedor para ganar dinero. Por lo menos los edificios no estaban hechos de cartón y de metal. Pero desde dónde estaban pudieron ver lo que tenían en contra de ellos: el río con los lados cementados, la pared gigante detrás, los guardias armados y los altos edificios de la Tierra Prometida que era El Paso, Texas, y el resto de los Estados Unidos. Tan cerca que Jaime podía tirar una piedra para que cayera en el otro país. Pero a menos que fueran una piedra, llegar hasta allí era casi imposible.

—Si nos agarran cruzando en el auto de Tomás nos mandan de regreso a Guatemala y meten a Tomás en la cárcel por contrabando —dijo Ángela.

Ella tenía razón. Él lo sabía pero odiaba el haber llegado hasta aquí y encontrarse en un callejón sin salida. Sobre todo si pensaba lo cerca que estaban. Tía había dicho que había alrededor de dos mil dólares en cada pantalón. Lo cual quería decir que cada uno estaba corto doscientos dólares para la tarifa de Conejo. Él volvió a la misma pregunta que se habían hecho la noche anterior.

—¿Cómo vamos a conseguir el dinero extra?

—Quizás yo pueda trabajar como niñera —dijo Ángela al notar a una mujer de piel oscura empujando un coche con un niño pequeño rubio.

—¿Podemos hablar con ella? —preguntó Jaime. Pero antes de que pudieran preguntarle a la niñera si sabía de algún trabajo extra, la pareja ya había desaparecido entre la multitud.

Un gran suspiro se escapó de los dos, sin esperanzas. Las personas que podían pagar a una niñera en Ciudad Juárez probablemente vivían detrás de portones de seguridad. En su mente Jaime empezó a pensar en sus habilidades. Gracias a la señora Pérez, había mejorado meciendo un martillo pero no tenía la destreza para que la gente le pagara. En el mercado en Lechería le habían pagado con fruta podrida por cargar cajas. Él sabía sin tener que preguntar que Conejo no aceptaría papayas aplastadas como pago.

—Si Xavi estuviera aquí él ya hubiera encontrado alguna manera —Ángela murmuró. La oreja de Vida se paró al oír el nombre. Ángela recogió la perra y escondió su cara en el pelo blanco y marrón.

Jaime se paró al lado de ella con la mano en su hombro. Sí, Xavi hubiera pensado en algo. Él era bueno para hacerse cargo de la situación al igual que Miguel. ¿Qué hubieran hecho ellos? Jaime miró en su cuaderno al dibujo del entierro de Miguel. Una idea comenzó a forjarse.

Sin la cubierta, las primeras páginas se estaban doblando y rizando pero las que estaban en blanco al final estaban en buenas condiciones. La vieja en el autobús le había pagado doce pesos por su dibujo aún siendo pobre. ¿Le pagarían otras personas por hacer lo mismo? Contó que le quedaban veinte páginas en el cuaderno. Su último lápiz estaba casi completo pero como el sacapuntas se lo habían robado con la mochila iba a tener que sacar las astillas de madera a mano. No era ideal pero no era imposible.

—Tenemos que ir a algún lugar dónde los turistas gringos estén caminando —dijo mientras sus ojos brillaban con nueva esperanza y determinación.

—¿Qué tenés en mente?

—Ya verás.

Encontraron un banco vacío en el enorme Parque El Chamizal con caminos pavimentados, hierba que estaba siendo regada y árboles con sombra. Estaba cerca del centro de la ciudad, muy cerca de la frontera y muy lejos del campamento horrible. El día estaba caliente y no había nubes pero no lo suficientemente caliente como para que las personas se mantuvieran adentro. Jaime comenzó a preparar su negocio. Primero ocultó su deshilachada camisa que había cortado para amarrar la tobillera de Ángela, y se sacudió sus pantalones cubiertos de polvo lo mejor que pudo. Entonces usó la parte de atrás de una página ya usada para dibujar retratos en cada esquina de cuatro personas famosas que todos reconocerían: Jennifer López, Jesucristo, el presidente Obama y el Ratón Mickey. Él sostenía el cuaderno con una mano y con la otra el lápiz.

Cada vez que alguien pasaba cerca del banco, él movía la mano con el lápiz como si estuviera dibujando en el aire y señalaba hacia su cuaderno.

—*Me make you? Me make you?* —le preguntaba a cada persona. Hubiera deseado saber más inglés pero era lo mejor que podía decir. Ángela no se acordaba de cómo decir «dibujar» o «pintar» en inglés así que no lo podía ayudar. En vez se puso a remendar el largo desgarrón en su pantalón. Si abuela hubiera estado ahí se hubiera escandalizado de que Ángela hubiera estado andando por todo el estado de Chihuahua enseñando tanta pierna. Vida estaba acostada a sus pies y le lanzaba a todos los que pasaban una mirada de esperanza con su oreja.

La mayoría de las personas ignoraban a Jaime, pero él notó un grupo de muchachas con un muchacho todos un poco mayor que Ángela. La que estaba al frente con pelo rubio largo y piel colorada por el sol llevaba una bolsa con la foto de Frida Kahlo, una de las artistas más famosas de México. Si a esta gringa rubia le gustaba Frida, quizás le gustaría que le hiciera su retrato.

—*Me make you? Me make you* como Frida? —señaló a la bolsa con su lápiz y después al cuaderno.

Ella se paró y lo miró y luego miró el dibujo de muestra de las personas famosas. Le hizo una pregunta que él no entendió mientras que se frotaba los dedos. Eso él entendió. Quería saber cuánto costaba.

—*Ten* —dijo. Él quería cobrar más pues la viejita pobre en el autobús había pagado doce pero diez era lo máximo que él sabía contar en inglés.

Ella asintió y sonrió mientras se sentaba en el banco: —*Sure.*

Él se tomó el tiempo dibujando el contorno de su cara antes de llenarla con las facciones. Sus ojos eran pequeños pero sus pómulos y su sonrisa destacaban su cara haciéndola muy bonita. Ignoró el grano en su frente pero se aseguró de incluir sus aretes de cuentas que colgaban. Ella estaba sentada con la barbilla alzada como una modelo perfecta durante el tiempo que a él le demoró dibujarla. Él no podía haber deseado a nadie mejor y como resultado el dibujo salió muy bien. Jaime hubiera deseado quedarse con él.

Se acordó de firmarlo abajo con su autógrafo ilegible antes de entregárselo. Ella esbozó una amplia sonrisa lo cual hizo que él le sonriera en un instante. Entendía las palabras «*fantastic*» y «*beautiful*» y comprendió que le había gustado. Entonces ella le preguntó algo que él no entendió.

—¿Tú años? —ella preguntó otra vez y de repente la comprensión se le alumbró. Quería saber cuántos años tenía.

—*Ten and two* —contestó él enseñándole diez dedos y después dos más.

—*Twelve*?

Él asintió y confió en que lo que ella había dicho era correcto.

Enrolló el retrato con cuidado y sacó un elástico de pelo extra que ella tenía en la muñeca para mantener la forma. Entonces buscó en su bolsa de Frida su monedero. En vez de la moneda de diez pesos que él esperaba ella sacó un crujiente billete de Estados Unidos, verde con marcas azules y el número veinte en cada esquina

—No, *ten*! —él extendió sus manos volviéndole a enseñar sus diez dedos.

Ella sacudió la cabeza, no, y dijo con una seña con la mano como si no fuera nada. ¿Cómo podía alguien pensar que veinte dólares no era nada? Ella le había dado más de quince veces lo que él había pedido. Ella debía de ser muy rica.

—*Thank you* —dijo. Él no podía pronunciar la «th» pero sabía que ella había entendido.

No fue hasta ese momento que él se dio cuenta de que Ángela había convencido al muchacho que estaba con el grupo de muchachas para volverle a poner un botón que se le había caído de la camisa. Ella le devolvió la camisa y él le dio varios billetes a cambio. Una vez que el grupo se fue Ángela enseñó sus ganancias. Tres dólares.

—Yo no le dije ningún precio. Esto fue lo que me dio —trató de no lucir decepcionada—. Debemos de aceptar y estar agradecidos de lo que nos den.

Estaban discutiendo cómo conseguir los próximos clientes cuando una mujer de pelo marrón y piel pálida que había estado observando irrumpió hacia ellos exigiendo algo. Se miraron nerviosos. ¿Los estaría acusando de robar?

Ella dejó escapar un suspiro de exasperación y entonces señaló los pantalones de Ángela que ella había remendado, se pinchó el pulgar y el dedo índice y sacudió la falda que ella llevaba puesta para arriba y para abajo.

—Creo que ella quiere que le cosas la falda —dijo Jaime—. O de lo contrario tiene miedo que orugas suban por sus piernas.

Ángela sonrió y asintió sacando su estuche de costura.

—Es una suerte que todavía tengo esto —dijo y Jaime supo que ella lo había perdonado por haber perdido las mochilas en el tren.

La nueva gringa hizo movimientos con los dedos

como cortando y señaló hacia dónde quería las alteraciones. Ángela dobló la falda en posición y se aseguró antes de cortar con sus micro tijeras. La señora estaba parada en el medio del parque mirando su teléfono mientras Ángela trataba de no pincharle las piernas con la aguja.

—*Me make you. Ten dollars* —Jaime decía. No creía que pudiera decir «*twelve*» pero ahora que había cambiado su tarifa de pesos a dólares eso era suficiente. La gente se paraba para ver a Ángela arreglando una falda que la señora tenía puesta. Una pareja de viejos miraron primero a Ángela y la mujer asintió aprobando la técnica de ella antes de volverse hacia Jaime que le señalaba a ellos el retrato de muestra. —*Ten dollars.*

—*Five* —dijo el marido empujando hacia arriba sus gruesos espejuelos.

—Sí, *yes* —Jaime estaba de acuerdo, aún cuando el reloj de oro del hombre indicaba que podía pagar más. Como bien había dicho Ángela, tenían que aceptar lo que les dieran.

Jaime dibujó a la pareja sentada juntos, la mujer con una sonrisa falsa y el hombre con el ceño fruncido como si su cara se hubiera congelado así hacía años. El bosquejo salió bien pero Jaime no tuvo problemas en entregarlo. El viejo gruñó pero le entregó diez dólares. Quizás había calculado que como eran dos el precio era cinco por cada uno. Esta vez Jaime no los corrigió. Aceptó lo que le dieron.

Ahora, había dos niños posando para fotos con Vida, la oreja que le faltaba hacía que los niños exclamaran «How cute!» un millón de veces. Le dieron sus helados y unos chicharrones de cerdo mientras Jaime trataba de no estar envidioso. Él y Ángela no habían comido nada ese día. Todo lo que ganaran lo necesitaban para poder cruzar. Cuando los padres les dijeron que era hora de irse los niños empezaron a brincar hacia arriba y hacia abajo, gimiendo y suplicando a sus padres por algo. Jaime no podía evitar pensar que él y sus primos en Guatemala nunca se habían comportado así.

El padre que hablaba decentemente español se volvió hacia Jaime y le dijo: —Mis hijos están enamorados de tu perra. ¿Cuánto quieres por ella?

—Ella no está a la venta —dijo Ángela con una aguja en la boca.

—Mil pesos —dijo el padre alzando las cejas como retándolos para que rehusaran. Jaime no estaba seguro de cuánto era la tarifa de cambio pero sabía que era una buena cantidad para la tarifa de cruzar.

—De ninguna manera —confirmó Ángela sin dejar de mirar su trabajo.

El padre miró a Jaime para ver si él podía convencer a la testaruda costurera. Jaime se encogió de hombros como si él no pudiera hacer nada. Secretamente estaba contento. Si Vida no los hubiera encontrado debajo del auto en Lechería quizás no hubieran podido llegar hasta aquí. Si ella no hubiera cazado el conejo quizás la señora Pérez no los hubiera traído hasta aquí. No, Vida se quedaba.

El padre suspiró pero le dio a Jaime un billete de cincuenta pesos por dejar que los niños se tomaran fotos con el celular con la perra. Un poco confundido, Jaime le dio las gracias a la familia. Él no comprendía lo generosos que eran estos gringos a pesar de que las noticias decían que no les gustaban los inmigrantes. En verdad él todavía no estaba en su país pero era extraño como ellos esperaban pagar por todo. Él nunca hubiera pensado cobrarle a nadie por sacar una foto de su perra. Las costumbres eran muy diferentes de como eran en Guatemala. No sabía si él llegaría a acostumbrarse a ellas.

CAPÍTULO VEINTITRÉS

Tardaron dos días en ganar el dinero suficiente para poder cruzar y poder comprarse un par de tacos en cada comida. El campamento de inmigrantes sólo ofrecía mantener a la migra fuera de ahí. La falda que Ángela había arreglado terminó luciendo rara pero a la señora le encantó y dijo que era exactamente lo que ella quería. Regresó al día siguiente con varias bolsas de ropa que había comprado y que no le quedaban bien. Cuando un guardia de seguridad vino para averiguar por qué una costurera había establecido su negocio en el medio del parque público la clienta de Ángela le dijo adiós con unos dólares. La señora se quejaba mucho, pero pensaba que estaba haciendo un buen negocio así que pagó bien.

—No quiero más nunca tener que coser por dinero —

Ángela le enseñó sus dedos. Estaban rojos y acalambrados de sostener la aguja. Tuvo que comprar más hilo pero por suerte no costó mucho.

El negocio de hacer retratos de Jaime le fue bien y lo simpática que era Vida produjo unos cuantos dólares extra también. A él solo le quedaba una página cuando guardaron todo al final del segundo día. Estaba indeciso de si comprar otro cuaderno. Tenían un poquito de dinero extra por si acaso y a él siempre le gustaba tener uno de repuesto. Pero sería una cosa más que cargar cuando tuvieran que cruzar.

Sin el dinero que estaba cosido en la cintura, los pantalones de Jaime se sentían extraños. Ángela había rehecho las costuras a la perfección pero los pantalones le quedaban muy sueltos porque había perdido tanto peso durante el viaje. Quizás los pantalones se sentían raros porque esto era el final, su último reto. Si fracasaban ahora tendrían que volver a empezar de nuevo, pero sin dinero en las costuras.

—Acuérdate, si nos capturan somos mexicanos de Chihuahua. Describimos la casa de la señora Pérez como si fuera nuestra casa. De esa manera solo nos mandan de regreso aquí y no hasta Guatemala —dijo Ángela mientras alisaba sus propios pantalones. A ella también le quedaban muy bajos en las caderas.

Se encontraron con Conejo en la cantina al anochecer

y esperaron ahí hasta que fueran las diez de la noche. Disparos de armas y gritos se hacían eco en las calles. Ciudad Juárez tenía fama de ser la ciudad más peligrosa del mundo. Caminar por las calles de noche con todo ese dinero en los bolsillos sería estar buscando problemas. Varias veces se escuchó un gruñido en el estómago de Vida mientras oía un peligro u olía otro. Jaime y Ángela se aseguraron de mantenerla cerca.

Eran cinco los que iban a cruzar con Conejo. Los otros tres eran hombres jóvenes de México y El Salvador. Fiel a su palabra, Conejo no les cobró extra por el pasaje de Vida. Uno de los salvadoreños quería pagarle la mitad ahora y la otra mitad cuando hubiera cruzado a salvo.

—¿Y qué hay si me matan cruzando? Estoy pagando para cruzar vivo.

La boca de Conejo se torció en una mueca mostrando sus dientes grandes.

—Si quieres venir tienes que pagar todo el dinero ahora. Pero si te matan, yo te devuelvo la mitad del dinero.

Con un quejido el hombre aflojó la cantidad entera al igual que el resto de ellos. Conejo amontonó todo el dinero en una billetera plástica atada a su cintura.

Los cinco se amontonaron juntos en un auto pequeño y los llevaron a varias horas de la ciudad fronteriza con el río con concreto y las casas de cartón. Las luces de la ciudad desaparecieron y no había nada que ver por las ventanas.

Cuando se bajaron del auto los bordes del río eran fangosos y lucía relativamente calmado con nada amenazador en la noche oscura. El otro lado no tenía nada, solo oscuridad. Jaime se dijo a sí mismo que las apariencias engañan.

Se agacharon detrás de unos arbustos al lado del río mientras los ojos del coyote iban de una dirección hacia la otra, tratando de detectar algún peligro al acecho en la oscuridad.

—Tengo dos reglas. Pase lo que pase, ustedes me obedecen. Si desobedecen se mueren. Si no obedecen y sobreviven y estamos el resto muertos por culpa de uno de ustedes, lo vamos a perseguir como fantasmas hasta que deseen estar muertos también. Segunda regla, ustedes hacen lo que yo les diga.

Sacó varias bolsas plásticas de supermercado de sus bolsillos y se las pasó.

—Quítense la ropa y los zapatos y pónganlos en las bolsas. La ropa mojada pesa mucho y los delataría si nos encontramos con un oficial en el otro lado. Quien cruce con la ropa puesta se va a quedar atrás —dijo esto mirando a Ángela, la única muchacha mientras él daba el ejemplo quitándose la ropa.

Jaime se quitó toda la ropa menos los calzoncillos y se sintió consciente de sí mismo y nervioso. Un escalofrío lo sacudió y sus piernas temblaron más por los nervios que por la brisa nocturna. Sin su ropa protegiéndolo se sentía expuesto y vulnerable. Que lo capturaran no parecía que fuera mala noticia. Que lo capturaran en calzoncillos sería un millón de veces peor.

Tenía que ser mucho peor para Ángela estar casi desnuda delante de estos hombres extraños. Su vulnerabilidad se convirtió en caballerosidad cuando notó que el salvadoreño que no quería pagar la cantidad completa se estaba comiendo con los ojos a su prima.

—Mire para otro lado, pervertido —dijo Jaime con una voz que parecía más un gruñido. Vida alzó su oreja y se puso al lado de Jaime enseñando sus dientes que brillaban en la noche. El hombre se giró y metió su ropa en la bolsa plástica. Los otros dos hombres no se atrevieron a mirar hacia ellos.

Jaime titubeó por un segundo antes de colocar su cuaderno y el mocho de lápiz entre su ropa. Ató la bolsa fuertemente con dos nudos. Si el agua salpicaba la bolsa esperaba que el cuaderno estuviera a salvo.

Conejo se agachó en el agua y les hizo señas para que se unieran a él. Ángela recogió la bolsa plástica y aseguró a Vida debajo del otro brazo.

Jaime respiró profundamente y exhaló despacio. Había llegado el momento. Iban realmente a cruzar. A un país diferente. A lo desconocido. Todo lo que había sucedido en su viaje, bueno y no tan bueno, los había llevado a este momento. Dijo una oración dándole las gracias a Miguel por toda su ayuda y esperaba que no hubiera regreso.

Las piedras debajo del agua fría lastimaban sus pies y sentía el suave tirar de la corriente. Sus piernas continuaban temblando mientras su corazón latía fuertemente. El río le llegaba al pecho cuando se paró en una roca grande, resbaló y la bolsa plástica cayó en el agua hundiéndose hasta el fondo.

—¡Mi cuaderno! —se lanzó al agua oscura detrás de él.

—¡Jaime, no! —Ángela exclamó en voz baja. Vida vio la oportunidad y se zafó del apretón de Ángela y se lanzó al agua.

—¡Déjalo! —Conejo silbó.

Pero Jaime los ignoró zambulléndose en el río frío moviendo los brazos enfrente de él buscando la bolsa. El agua hacía que los ojos le ardieran y la oscuridad de la noche hacía que fuera imposible poder ver. La frialdad golpeaba sus huesos. Estaba casi sin aliento cuando sus dedos rozaron la bolsa grumosa. Salió a la superficie con una bocanada y abrazando el bulto mojado pegado a su cara como si fuera una manta de bebé. Conejo había asegurado un largo brazo alrededor de la cintura de Ángela para impedir que ella fuera detrás de él. Vida parada ya en el lado norte se dio una fuerte sacudida y esperaba por ellos. Conejo miró con enfado a Jaime y sacudió su cabeza.

—¡Idiota! —Ángela susurró. Se desprendió de las garras de Conejo y dijo con otra de sus exclamaciones en tono bajo—. Cuatro mil kilómetros y por poco te mueres por un libro —lo besó en la parte de arriba de la cabeza mojada y lo agarró tan fuerte que él casi explota.

Jaime se secó el agua de los ojos y sacudió su cabeza echando gotas de agua sobre ella.

—No es un libro cualquiera. Es mi vida.

—Pero esta vida —ella lo pinchó fuertemente en el pecho— es la que importa.

—¡Basta! —dijo Conejo en voz baja y furioso mientras movía su mirada alrededor de ellos—. Otra palabra de cualquiera de ustedes y los dejo a todos aquí.

Jaime y Ángela asintieron. Sabían que él cumpliría lo que decía. Con una mano sujetando la bolsa plástica empapada sobre su cabeza y la otra sujetando la mano de Ángela continuó vadeando el río Bravo.

Cuando estaban casi en el lado norte del río el motor de un helicóptero rugió encima de ellos como un mosquito gigante. El destello de un foco de luz descendió sobre el río. El mexicano se zambulló en el agua con la bolsa plástica apretada contra su pecho. El resto de ellos se congelaron observando el rayo de luz como ratones paralizados observando un gato acechándolos. Si los alumbraba, estaban capturados.

Vida en tierra firme estaba como loca gruñendo y ladrando al «mosquito» zumbando sobre su cabeza. Saltó un par de veces en el aire para tratar de morderlo. En una de sus pasadas el rayo de luz la alumbró y permaneció ahí.

Ángela escondió su cara en el hombro de Jaime como si no pudiera ver lo que estaba pasando.

La perra rescatada se retorcía, giraba y chasqueaba sus fauces en el aire. Jaime esperaba que en cualquier segundo se oyera el disparo de un arma y Vida dejara de existir. Sin embargo, el helicóptero movió el foco de luz y se fue volando más lejos por el río. El hombre que se había escondido bajo el agua salió a la superficie cogiendo fuertes bocanadas de aire.

Conejo se quedó observando hasta que el helicóptero se perdió en la distancia, entonces les hizo señas con el brazo para que continuaran vadeando a través del río. No sin antes darle su aprobación a Vida. El helicóptero había asumido que ella era lo que el radar había detectado.

Menos de un minuto después, estaban en tierra firme. Jaime y Ángela temblaban mientras se miraban y simultáneamente dejaron escapar un suspiro de alivio que habían estado aguantando desde que los habían escondido como carga en la camioneta de Pancho. Desde tener que dejar a su familia y todo lo que hasta ese momento conocían, a escapar de pandilleros, carteles de drogas, calor extremo, deshidratación, al fin lo habían logrado. Estaban finalmente aquí. En los Estados Unidos de América. La tierra de la libertad donde iban a crear su nuevo hogar. Pero aún no estaban seguros.

No había ningún muro en esta parte del río como Jaime había visto desde Ciudad Juárez ni había señales de guardias armados pero había una cerca de alambre dos o tres veces la estatura de un hombre adulto. Al lado de un arbusto entre la ribera del río y la cerca Conejo hizo que se pusieran la ropa otra vez. La de Jaime sólo estaba húmeda en algunas partes, una sorpresa después de que la bolsa había nadado. Y aunque él no sabía de seguro en la noche oscura, su cuaderno tampoco parecía estar dañado mientras se lo colocaba en la cintura. Las bolsas plásticas regresaron al bolsillo de Conejo.

—Es fácil trepar la cerca pero tiene púas puntiagudas en la parte de arriba. Tengan cuidado —Conejo se agachó próximo a la tierra. Torcía sus ojos en una dirección y en la otra como si pudiera ver en la oscuridad—. Hay cámaras de vigilancia escondidas y detectores infrarrojos esparcidos alrededor del área. Mandan la información a las oficinas de patrullas las cuales pueden tener el helicóptero de regreso en menos de un minuto. Una vez que hayan cruzado la cerca me siguen y corren o se quedan atrás.

Jaime miró a Ángela la cual estaba girando su tobillo. Si aún le dolía ella no dejaba que se le notara. Conejo no les habían dicho antes que tendrían que correr. Si lo hubieran sabido hubieran esperado varios días más antes de cruzar.

—Acuérdense de mis reglas y oren a cualquier dios en él cual ustedes crean para que los detectores sólo detecten a la perra como pasó antes. ¡Vamos! —Conejo se lanzó hacia la cerca, saltó en ella y continuó corriendo hacia arriba y por encima en segundos.

No era tan fácil trepar la cerca como había dicho Conejo pero no era imposible tampoco. Sus dedos cabían en las ranuras y con un poco de dificultad llegaron hasta arriba. Una de las púas de metal rasgó los pantalones de Jaime y le cortó el muslo cuando pasó una pierna por encima. Hizo una mueca pero se agarró fuertemente. Conejo había saltado desde arriba pero Jaime no era tan valiente. Él bajó un poco más antes de tirarse. Cayó en un camino de tierra con guijarros que corría a lo largo de la cerca. Ángela bajó por la cerca hasta la tierra como si fuera la escalera del tren. Vida era lo suficientemente flaca como para caber entre un poste y un portón con llave.

Una vez que todos estaban del otro lado de la cerca, Conejo salió corriendo como loco a través de la hierba seca evadiendo arbustos y matorrales. Esto era. Su última fuga hacia la libertad. Si los capturaban ahora y los mandaban de regreso a Guatemala después de todo lo que habían pasado, Jaime no sabía si él podría aguantar la frustración y el desencanto, ni tampoco tratar de intentar el viaje otra vez.

Apretó la mano de Ángela y corrió detrás del guía. Si el tobillo de ella no aguantaba, él la arrastraría de una manera u otra. Él no la iba a perder de nuevo ni iba a permitir que los dejaran atrás.

Los obstáculos aparecían segundos antes de que Jaime estuviera encima de ellos. Dos veces estuvo a punto de chocar contra un cactus tan alto como él. Mantuvo la vigilancia en Conejo tratando de seguir su ruta.

Tenía los oídos atentos a la más leve indicación de que el helicóptero había regresado pero todo lo que podía escuchar era a Ángela jadeando con dificultad. Apretó su mano más fuerte y siguió corriendo.

De momento, como si hubiera aparecido de la nada, un auto azul oscuro estaba parado en el panorama desértico. Una muchacha no mucho mayor que Ángela con pelo oscuro y ojos azules estaba sentada esperando en el asiento del chofer. Parecía que acababa de venir de una fiesta con el maquillaje perfecto y la ropa elegante. Los saludó solamente con una ojeada y un rápido intercambio de dinero con Conejo.

El baúl se abrió y Conejo le indicó al salvadoreño que se había quejado del gasto y al mexicano que por poco se ahoga que se subieran. Encima de ellos puso el duro forro plástico que escondía la goma de repuesto.

A Jaime lo mandaron para el asiento de atrás junto con el otro hombre y Vida, a Ángela le ordenaron que se sentara al frente. La muchacha se mantuvo donde estaba tocando con sus uñas de color amarillo como las yemas de huevo el tablero de mando en señal de aburrimiento. Jaime pensó que tenías que estar muy aburrida para pintarte las uñas de ese color. O ser daltónica.

El auto era uno de esos de lujo que no hacía mucho ruido y ya estaba andando antes de que Jaime se hubiera dado cuenta de que estaba prendido. Miró por la ventanilla de atrás de él pero Conejo ya había desaparecido como si no hubiera existido nunca.

Manejaron sin encender las luces tropezando con arbustos y piedras sin seguir un camino visible hasta que llegaron a una carretera pavimentada. Ahora, con las luces encendidas y los altoparlantes tocando una tonalidad estridente, iban manejando como si fueran personas normales en un auto normal.

La tranquilidad no duró mucho. Había destellos de luces más adelante. La muchacha maldijo mientras disminuía la velocidad. De debajo del asiento agarró una blusa de seda y un cepillo de pelo y se los tiró a Ángela.

Mitad en inglés y mitad en español pobre se dirigió a cada uno de ellos.

—*You* —señaló a Ángela al lado de ella—. Mi amiga. *You*, dormir —dijo señalando al hombre al lado de Jaime, indicando que ella quería que simulara estar dormido—. *And you with bowwow.*

Vida ladró como queriendo decir que entendía. Jaime deseaba sentirse tan confiado. Por lo que podía entender, la muchacha quería que le prestara atención a la perra. Seguro. Aún cuando la muchacha con los ojos azules era la única que lucía que vivía y pertenecía aquí.

Un hombre con uniforme caminó con paso decidido y arrogante hacia el auto con una linterna. Cuando se acercó Jaime soltó un grito de asombro. El hombre era bajo de estatura con brazos fuertes y hombros anchos. Su pelo negro estaba peinado hacia un lado y sus ojos escondidos en las sombras de una nariz grande y su piel de color marrón brillaba en la luz de la linterna. Lucía tan familiar como si fuera un tío distante. El nombre que tenía en la placa de identificación del uniforme decía «Rivera». Oh, definitivamente podían ser parientes.

—*Hiya* —dijo la muchacha bajando su ventanilla y sonriéndole al hombre. Movió una de sus manos con sus uñas pintadas y la puso contra el carro como si quisiera que él la tocara—. *How's it going?*

Jaime no pudo evitar subir las cejas. Él entendió las palabras de ella y lo que ella estaba haciendo. Coqueteando.

Un gruñido bajo salió de la barriga de Vida y Jaime recordó que él tenía que actuar casual. Le puso una mano tranquilizadora en la cabeza de Vida y ella le pasó la lengua. Se apartó del oficial y movió su rabo como diciendo que tenía su atención y que iba a actuar con tranquilidad.

Jaime no tenía más opción que continuar acariciando a Vida. Se perdió lo que el oficial preguntó pero escuchó la respuesta de Ángela.

—*Yeah* —dijo ella como una gringa. Ahora lucía diferente con la linterna alumbrándola. Bonita. El pelo estaba peinado y fuera de la cola de caballo como si no llevara semanas sin lavárselo. La blusa de seda la hacía lucir como si viniera de una fiesta también. Le sonrió al oficial como le había sonreído la muchacha, y como ella solía sonreírle a Xavi.

Lo que ella había respondido era lo correcto. El oficial sonrió con un guiño y les indicó que siguieran.

—¿Qué fue lo que preguntó? —Jaime preguntó en cuanto las ventanillas estaban arriba y se habían alejado.

Ángela se viró en el asiento para mirarlo. Esta vez su sonrisa no era de coqueteo sino complacida.

—Quería saber si nosotros vivíamos aquí y le dije que sí. Lo cual es la verdad. Ahora.

CAPÍTULO VEINTICUATRO

La casa segura a donde los llevaron estaba en El Paso, Texas. Si no hubiera frontera que cruzar, ninguna pared, ni ninguna seguridad que evadir, hubieran podido caminar sobre el puente y estar en la casa en veinte minutos. Sin embargo el viaje les había llevado casi toda la noche. ¿Pero qué importaba? Después de todo este tiempo (¿fueron semanas o hasta meses?) desde que sus padres los habían despertado a medianoche, al fin lo habían logrado.

Impresionante y de dos pisos, la casa segura era exactamente igual a las de los vecinos en la calle tranquila como si el contratista hubiera perdido la creatividad después de hacer la primera. Aún así debían de estar en un barrio muy rico porque no había barrotes en las ventanas o en las puertas y cada casa tenía un pequeño jardín con flores del desierto sembradas y bordeado con guijarros.

Doña Paloma, una gruesa señora mexicana que manejaba la casa miró con enojo a Ángela que sostenía en sus brazos a Vida.

—No vas a entrar aquí con esa perra.

—Pero... —Jaime y Ángela comenzaron a decir pero doña Paloma sacudió la cabeza.

—¿Está vacunada? ¿La han tratado contra pulgas y garrapatas? —preguntó doña Paloma arqueando una ceja aunque ella ya sabía la respuesta a sus preguntas.

—¿Y qué va a hacer? ¿Nos va a mandar de vuelta? —dijo Ángela con los ojos llenos de lágrimas. Jaime le apretó la mano fuertemente y esperaba que ella entendiera su mensaje: si doña Paloma amenazaba con mandarlos de vuelta ellos saldrían huyendo. Bajo ninguna circunstancia iban a permitir que los mandaran de vuelta a Guatemala cuando ya estaban aquí.

Doña Paloma torció sus ojos y suspiró: —Soy estricta pero no cruel. Amarrala atrás. Que no ladre y recoge la caca.

—¡Gracias!

Jaime y Ángela entraron a la casa después de tardar bastante asegurándole a Vida que no la iban a dejar ahí por mucho tiempo y que tenía que comportarse. Doña Paloma los alineó detrás de los otros tres que habían estado en el auto. La puerta cerrada delante de ellos los llevaba a una ducha.

—El agua está en un reloj automático por tres minutos. Hay champú de piojos y jabón desinfectante ahí que deben de usar —ordenó Doña Paloma—. Una vez que estén limpios pueden escoger un nuevo conjunto de ropa.

Durante su turno, Jaime se restregó y se frotó el maloliente champú en su cabeza rápidamente antes de gastar los ochenta y cuatro segundos que le quedaban disfrutando del agua tibia que le caía de la cabeza. En su casa sin plomería adentro, las duchas eran pararse afuera en la lluvia. Ésta era realmente la tierra de los sueños y las oportunidades.

Una habitación tenía bolsas de ropa donada encima de una mesa larga. Muchas de las cosas eran viejas y raídas pero comparadas con lo que él había estado llevando durante todo el viaje: una camisa que había cortado para amarrar el tobillo de Ángela y unos pantalones manchados de tinta que se le estaban cayendo y que estaban rasgados en el muslo, cualquier cosa «nueva» parecía un regalo.

Escogió una camisa de rayas blancas y rojas, unos pantalones desteñidos pero intactos y un par de medias blancas que parecían nuevas. Se dejó los zapatos que olían peor que queso podrido pero todavía le servían. Los calzoncillos de Batman que escogió le quedaban un poco apretados en la cintura pero a veces había que sacrificar la comodidad por algo que luciera bien. Sus ropas viejas las puso en una pila para ser lavadas, remendadas y ofrecidas a otras personas.

Ángela escogió unos pantalones color aguamarina a

media pierna, una blusa floreada y sandalias. Después de usar colores que no llamaran la atención quería algo bonito.

No habían dormido en toda la noche pero había algo que tenían que hacer antes de desplomarse en uno de los tres dormitorios repletos con literas.

El mantra que Jaime se había aprendido de memoria en Tapachula volvió a él mientras se tocaba el muslo con ritmo: 5,7,5-5-5-5, 21, 86. Doña Paloma dejó a cada uno usar el teléfono por dos minutos para llamar a cualquier lugar en los Estados Unidos. Jaime tragó varias veces para aclarar su garganta seca. Podía escuchar su corazón latiendo en todo su cuerpo. Él no podía hacerlo, tendrían que comunicarse de otra manera, quizás por correo electrónico. De alguna manera donde él pudiera planificar lo que iba a decir. Él nunca había hecho una llamada telefónica en su vida.

La voz de Tomás en la grabadora sonaba extraña cuando les pedía a los que llamaban que dejaran un mensaje. Al menos esto era lo que Jaime adivinaba que decía. La grabación estaba en inglés y se llamaba a sí mismo «Tom».

Jaime se pasó la lengua por los labios y respiró profundamente para calmar su corazón nervioso. ¿Y si Tomás no recibía el recado? ¿Y si nunca venía?

—Ah, hola, soy yo, Jaime. Tu hermano. Estamos aquí. Yo y Ángela. En El Paso. 2910 Ui-lló...

—Se pronuncia «Willow» —interrumpió Ángela sobre su hombro.

—Ah, Ui-Lo Estrite —él corrigió—. ¿Te vemos pronto? —Y colgó rápidamente con la cara roja y el corazón golpeándole en los oídos como si acabara de cruzar la frontera otra vez.

Ángela soltó una risita y lo empujó de manera juguetona en el hombro.

—Vos necesitás trabajar en tu inglés.

Se despertaron al mediodía a un almuerzo muy extraño. Doña Paloma había hecho bocadillos con una especie de pasta salada color marrón con sabor a nueces y una mermelada dulce y roja. Cuando le preguntaron qué eran esos bocadillos ella dijo: «Mantequilla de maní con mermelada». Jaime no estaba seguro si le gustaba la combinación: salado, dulce y pegajoso. Pero se la comió de todas maneras. Su abuela hubiera estado orgullosa.

Las otras dieciséis personas que se estaban quedando en la casa estaban apiñadas alrededor de un enorme televisor mirando telenovelas en inglés y otros programas en vivo, pero Jaime y Ángela se pasaron la tarde afuera con Vida. Doña Paloma tenía un patio amplio con una cerca alta para evitar que los vecinos mirones reportaran la cantidad sospechosa de «primos» que ella siempre tenía en su casa. Después de pasar semanas afuera era extraño estar confinado dentro de una casa que apestaba a insecticida y cloro.

Jaime rescató sus medias viejas llenas de huecos antes

de que las botaran y logró enrollarlas haciendo una bola desigual con ellas. Una vez que Vida se acostumbró al fascinante olor, aprendió rápidamente a correr detrás de la «bola» y traerla de vuelta. De vez en cuando ella saltaba en el aire girando, destellando los puntos azules, que Ángela decía que todavía necesitaban un día más, y aterrizaba cuadrada en las cuatro patas con la bola de las medias en la boca. Jaime casi no podía creer que esta era la misma perra que había sobrevivido una criminal pelea de perros, que había sido encontrada con la mitad de los intestinos afuera y la había cosido una muchacha antes de atravesar un país peligroso. Era mucho lo que había pasado y la mayoría de los perros no hubieran sobrevivido. La mayoría de las personas tampoco.

—Yo esperaba a dos de ustedes no a tres —una voz llegaba de la puerta de atrás.

Ambos saltaron y miraron hacia la figura saliendo de las sombras de la casa.

La cara de Jaime cambió de caramelo a café con mucha leche. Ángela estaba aún más pálida.

—¡Miguel! —ella dijo con voz entrecortada.

La figura en la puerta sonrió con un lado de su boca más alto que el otro. Sus ojos eran tan oscuros que no se podían ver en las sombras excepto el color blanco alrededor. Se quitó el greñudo pelo de su cara como Miguel hacía. Todo igual que Miguel.

Pero no era el primo de Jaime.

—Tomás —susurró Jaime pero no se podía mover más cerca.

Vida trotó hacia el extraño meneando el rabo, pasándole la lengua por las piernas como si fuera un miembro perdido de su camada.

La figura dio unos pasos hacia la luz del sol. Las arrugas bordeaban sus ojos, una barba desaliñada crecía en sus mejillas. Aunque en las sombras podía haber pasado como de doce años, ahora en el sol parecía mayor que los veinticinco años que tenía. Pero aún así era él. El hermano de Jaime.

—¿Bueno, ustedes dos no me van a saludar? —La sonrisa de Tomás se amplió torciéndose aún más.

Jaime y Ángela corrieron los pocos pasos que los separaban de él y se lanzaron a sus brazos, algo que no habían hecho desde que tenían cuatro y siete años.

Tomás los abrazó y los besó a ambos, después los besó y los volvió a abrazar.

—No puedo creer que estén aquí. ¿Saben la suerte que han tenido?

Los recuerdos de otros cruzaron la mente de Jaime: la mujer salvadoreña en el autobús, el hombre debajo del puente sin piernas.

Xavi.

Él se acordó del pequeño Joaquín, Iván y Eva del tren y

hasta del loco Rafa esperando que ellos también hubieran tenido suerte.

—Nosotros… —Jaime paró para mirar a Ángela. Habiéndose olvidado de sus responsabilidades maternales aún tenía sus brazos alrededor de Tomás y su cabeza contra su pecho como una niña pequeña—. Nosotros tuvimos ayuda de mucha gente a lo largo del viaje.

Pancho con sus bolsas de ropa usada, el padre Kevin al que le gustaban los conjuntos ridículos, la señora Pérez. Todos parecían que habían sido enviados especialmente para ayudarlos.

Jaime dio un vistazo hacia arriba y los otros dos siguieron su ejemplo mirando el cielo azul claro sin ninguna nube a la vista. Se mantuvieron así sintiendo que había ojos que los miraban desde arriba hasta que Vida chilló y los devolvió al patio de una casa segura en El Paso.

—Siento lo de Miguel —dijo Tomás frotando la espalda de los dos—. Era un buen chico. Listo, buena gente. Se parecía a su primo.

Jaime no pudo evitar sonreír.

—Excepto más humilde.

Tomás sacudió la cabeza como si no creyera eso y volvió a sonreír.

—Déjenme verlos —los apartó de él estirando los brazos—. Ángela, no te hubiera reconocido, sos muy bonita. Y vos, hermanito, ¿desde cuándo te comenzó a crecer el bigote?

Jaime se dirigió a la ventana para chequear su reflejo. Era apenas visible pero definitivamente había unos pelos negros creciendo en su labio superior.

—No es de verdad. Yo sé que se lo pintó —bromeó Ángela. Jaime le sacó la lengua.

—Tenemos que llamar a nuestros padres. Han estado muy preocupados —Tomás puso su teléfono en su palma para que pudieran escuchar y llamó a tío Daniel, el papá de Ángela, el único en la familia que tenía teléfono. Pero fue abuela la que contestó.

—Tomás, ¿qué pasa? No, no quiero saber. Por favor no me lo digas.

—Está bien —le aseguró a su abuela—. Los tengo conmigo. Están aquí.

—¿En serio? —abuela preguntó sin poder creerlo.

Tomás les hizo señas para que hablaran.

—Hola, abuela —Jaime y Ángela dijeron a la vez.

Abuela respiró con dificultad y Jaime oyó que había empezado a llorar. Se la imaginó con las manos en el corazón apoyándose contra el mostrador lleno de tortillas.

—¡Gracias a Dios! Se lo voy a decir a todos. Toda la familia ha estado rezando durante estas semanas. Los bendigo a los tres —dijo y se fue.

Se quedaron mirando el teléfono durante unos minutos después de que ella había colgado, pensando en abuela, en sus padres, en Guatemala, en su hogar.

—Vamos. Nos debemos ir —dijo Tomás abrazando a cada uno con un brazo y volviéndolos a besar en la cabeza.

Pasaron a través de la casa con Vida en los brazos de Ángela y Jaime sin soltar la mano de Tomás. Le dieron las gracias a doña Paloma y Tomás le dio dinero extra por haberse ocupado de su familia.

Se subieron a la camioneta roja que el jefe de Tomás le había prestado y condujeron fuera de El Paso, Texas, hacia Nuevo México. Llegaron a un puesto de seguridad pero el oficial solo ojeó la camioneta y les hizo señas de que siguieran sin hacerles preguntas.

Jaime buscó la última página de su cuaderno y se tocó el labio con el mocho de lápiz pensando qué le gustaría dibujar. Los cactus cubrían el panorama junto con plantas espinosas con flores. Rebaños de ganado cerca de la carretera y esparcidos en la distancia eran más comunes que las personas o las casas. En un punto, tres Bambis marrón y blancos que Tomás llamó «*pronghorn antílopes*» saltaron a través de la carretera. A veces conducían por veinte minutos sin cruzarse con otro vehículo. Todo era muy amplio y esparcido, y no se parecía en nada a su hogar.

Durante el viaje, Jaime sólo se había preocupado de llegar hasta su hermano y de su seguridad. Ahora toda una nueva serie de preocupaciones lo invadió. ¿Cómo iba a ser vivir aquí dónde no había nadie? ¿Llegaría él a poder hablar inglés correctamente? ¿Y si no dejaba de extrañar a su familia? ¿Y si después de todo, todavía los deportaban?

A su lado Ángela miraba por la ventanilla abierta con Vida en sus piernas. Se volvió para mirarlo. Con los ojos muy abiertos y respirando profundamente dijo: —Lo logramos.

Jaime comenzó a hacer un bosquejo sin darse cuenta de lo que estaba dibujando. La perspectiva era desde atrás en vez de mirando al frente como él normalmente dibujaba. Trazó líneas en ángulos rectos hasta tener una imagen tridimensional de una caja rectangular. O la cama de una camioneta. Desde ahí comenzó a dibujar la parte de atrás de las cabezas de cada uno de los pasajeros. Una cabeza greñuda, la más alta en el asiento del chofer con un brazo colgando por la ventanilla. Una cabeza más pequeña con un bigote que estaba comenzando a crecer (aunque esto no se podía ver en el dibujo). Al lado de la otra ventanilla los largos cabellos de otra cabeza se mecían en la brisa. Y finalmente una perra marrón y blanca con una sola oreja y una lengua que le colgaba.

—¿Ven esa montaña hacia allá? —dijo Tomás—. Hace millones de años fue un volcán. Nuestra casa está del otro lado.

Jaime miró hacia arriba y sonrió. Era como Pancho había dicho.

En el fondo de su dibujo aparecía un volcán. En vez de

tener follaje exuberante y medio escondido por la niebla, este tenía parches de arbustos marrón y verde con rocas en la parte de arriba que parecían pestañear en el sol que se ponía.

Juntos como familia se dirigieron al volcán y a su nuevo hogar.

NOTA DE LA AUTORA

«Mira por la ventana porque esta es la última vez que ves a tu país». Estas fueron las palabras que mi madre escuchó cuando ella y su familia salieron de Cuba en 1960 después de la revolución cubana y la subida del comunismo. Mi madre emigró a los Estados Unidos con sus padres y sus hermanos cuando ella tenía diecisiete años. Mi padre emigró a los diecinueve y tuvo que trabajar para poder ahorrar el dinero del pasaje de sus padres y de sus hermanos. No se conocieron hasta que no llegaron a Miami.

Mis padres tuvieron que dejar todo atrás: sus hogares, posesiones, amigos y, principalmente, a miembros de la familia que pensaron que nunca volverían a ver. En el caso de mi madre, fue su abuela que la había criado y su tía y sus primos con los cuales había vivido en la misma casa. Ellos cambiaron todo por un futuro incierto. Una nueva vida que tenían que comenzar con sólo dos mudas de ropa y cinco dólares en el bolsillo; el gobierno comunista cubano no permitía que sacaran nada más.

Cuando mis padres emigraron a los Estados Unidos, los cubanos podían entrar legalmente y se les concedía la residencia y después la ciudadanía. Desgraciadamente la inmigración legal es mucho más difícil de conseguir actualmente, no importa de qué país viene la persona. Las personas que están desesperadas por emigrar hoy en día se enfrentan a muchos peligros y gastos y corren el riesgo de que los capturen y los manden de regreso a su país. Es un conflicto triste mundial que me afecta a nivel personal. Uno sin fácil solución. Para mí, si mis padres no hubieran podido salir de Cuba cuando lo hicieron, mi vida sería muy diferente y las oportunidades que tendría en la Cuba comunista serían muy limitadas.

Aunque Jaime y Ángela son personajes ficticios, su historia es similar a la de millones de inmigrantes reales. En años recientes ha habido una oleada de niños viajando solos de Centroamérica para emigrar ilegalmente a Estados Unidos, siendo imposible para sus padres dejar el resto de la familia atrás. Muchos están huyendo de pueblos donde las pandillas aterrorizan a los ciudadanos y «reclutan» niños y adolescentes para que se unan a ellos o si no los matan. Para muchos el salir huyendo es la única opción, el único destino. Si se quedan en su hogar van a morir, si se van quizás puedan sobrevivir.

Jaime y Ángela tuvieron mucha suerte en su viaje. Para la mayoría de las personas las cosas no son tan fáciles. Asesinatos, violaciones, robos, adicciones a drogas, pérdidas de extremidades, secuestros, encarcelamientos y deportaciones son los resultados finales. Algunos se dan por vencidos y regresan a sus hogares en peores condiciones que cuando se fueron. Aquellos que continúan mantienen la esperanza de una vida mejor y de poder reunirse con miembros de su familia que ya están ahí.

Para muchos latinoamericanos, ya sean cubanos o guatemaltecos, si no hay familia no hay vida.

Bibliografía

Algunas de estas referencias no son para niños.

Byrne, Zoë. "Guatemalan Funeral Traditions: A look into traditional Guatemalan beliefs about death and funerals." Seven Ponds Blog, 12 de junio de 2014, http://blog.sevenponds.com/cultural-perspectives/guatemalan-funeral-traditions.

Carina, una guatemalteca sin documentos viviendo en los EE UU, entrevista personal, 10 de marzo de 2015.

"Central American Insomnia." *Médecins Sans Frontieres*, 4 de agosto de 2014. http://www.msf.org/article/central-american-insomnia.

Eichstaedt, Peter. The Dangerous Divide: Peril and Promise on the US–Mexico Border. Chicago, IL: Chicago Review Press, 2014.

Daily Mail. "From bribing drug cartels and immigration officials to paying for hotels and train rides: Coyote smugglers reveal costs involved in smuggling child migrants from Central America to the U.S. 22 de julio de 2014.

http://www.dailymail.co.uk/news/article-2700946/From-bribing-drug-cartels-immigration-officials-paying-hotels-train-rides-Coyote-smugglers-reveal-costs-involved-smuggling-child-migrants-Central-America-U-S.html. *Usé esta información como una guía para saber los precios en general, pero encontré que no cuadraban con el precio total. Tomé la información y la comparé con otra información que recibí para inventarme mis precios propios de contrabandistas.

Gordan, Ian. "70,000 Kids Will Show Up Alone at Our Border This Year. What Happens to Them?" Mother Jones, julio/agosto de 2014. http://www.motherjones.com/politics/2014/06/child-migrants-surge-unaccompanied-central-america.

Isacson, Adam, Maureen Meyer, y Gabriela Morales. "Mexico's Other Border: Security, Migration, and the Humanitarian Crisis at the Line with Central America." Washington Office on Latin America, junio de 2014. http://www.wola.org/files/mxgt/report.

Maril, Robert Lee. *The Fence: National Security, Public Safety, and Illegal Immigration Along the U.S.–Mexico Border.* Lubbock, Texas: Texas Tech University Press, 2011.

Martínez, Óscar. *The Beast: Riding the Rails and Dodging Narcos on the Migrant Trail.* Traducido por Daniela Maria Ugaz y John Washington. Londres: Verso, 2013.

Nazario, Sonia. *Enrique's Journey: The Story of a Boy's Dangerous Odyssey to Reunite with his Mother.* Nueva York: Random House, 2013.

Rodríguez Tejera, Roberto. "Prohibido callarse." Video electrónico. Mira TV, 2 de julio de 2014, tiempo 2:00–13:14. https://www.youtube.com/watch?v=oaNU-9EnfOV8.

"Rutas a Estados Unidos." Mapa. Fundación San Ignacio de Loyola y Servicio Jesuita a Migrantes México. http://www.sjmmexico.org/uploads/TBL_CDOCUMENTOS_78_2_49.pdf.

Sánchez Saturno, Luis, reportero gráfico, entrevista personal, 28 de julio de 2015.

ALEXANDRA DIAZ

es la autora del libro *Of All the Stupid Things* elegido por el ALA Rainbow List y finalista en el New Mexico Book Awards. Alexandra es la hija de refugiados cubanos y vive en Santa Fé, Nuevo México. Obtuvo su maestría con especialización en escritura para personas jóvenes en Bath Spa University en Inglaterra. Español e inglés son sus idiomas nativos. Actualmente Alexandra enseña a escribir ficción a adultos y adolescentes. La dirección de su sitio web es Alexandra-Diaz.com.